ブリュンヒルドに
ウオーターパーク
開園!!

白いイブニングドレスの
ユミナが微笑んで僕に手を向けてくる。
「旦那様、ご用事が済んだのなら
一曲踊ってくれませんか？」
「……えーっと、息子ほどうまく
踊れないんですが、それでもよければ」

異世界はスマートフォンとともに。28

冬原パトラ
illustration■兎塚エイジ

キャラクター紹介

望《もち》月《づき》冬《とう》夜《や》

神様のミスで異世界へ行くことになった高校一年生（登場時）。基本的にはあまり騒がず、流れに身を任すタイプ。無意識に空気を読まず、さらりとひどい事をする。無尽蔵の魔力、全属性持ち、無属性魔法を使い放題と、神様効果でいろいろ規格外。ブリュンヒルド公国国王。

ユミナ・エルネア・ベルファスト

ベルファスト王国王女。12歳（登場時）。右が碧、左が翠のオッドアイ。人の本質を見抜く魔眼持ち。風、土、闇の三属性を持つ。弓矢が得意。冬夜に一目惚れし、強引に押しかけてきた。冬夜のお嫁さん予定。

エルゼ・シルエスカ

冬夜が助けた双子姉妹の姉。両手にガントレットを装備し、拳で戦う武闘士。ストレートな性格でサバサバしている。身体強化の無属性魔法【ブースト】が使える。辛いもの好き。冬夜のお嫁さん予定。

リンゼ・シルエスカ

双子姉妹の妹。火、水、光の三属性持ちの魔法使い。光属性はあまり得意ではない。どちらかというと人見知りで、おしゃべりが苦手。しかし時には大胆。甘いもの好き。冬夜のお嫁さん予定。

九重《ここのえ》八重《やえ》

日本に似た遠い東の国、イーシェンから来た侍娘。ござる言葉を使い、人一倍よく食べる。真面目な性格なのだが、どこかズレているところも。実家は剣術道場で流派は九重真鳴流《ここのえしんめいりゅう》という。隠れ巨乳。冬夜のお嫁さん予定。

ルーシア・レア・レグルス

愛称はルー。レグルス帝国第三皇女。ユミナと同じ年齢。帝国反乱事件の時に冬夜に助けられて一目惚れする。双剣の使い手。ユミナと仲が良い。料理の才能がある。冬夜のお嫁さん予定。

スゥシィ・エルネア・オルトリンデ

愛称はスゥ。10歳（登場時）。刺客に襲われているところを冬夜たちに助けられる。ベルファスト国王の姪。ユミナの従姉妹（いとこ）。天真爛漫で好奇心が旺盛。冬夜のお嫁さん予定。

ヒルデガルド・ミナス・レスティア

愛称はヒルダ。レスティア騎士王国の第一王女。剣技に長け、「姫騎士」と呼ばれる。フレイズに襲われていたところを冬夜に助けられ、一目惚れする。テンパるとかなりどもるくせがある。八重と仲が良い。冬夜のお嫁さん予定。

リーン

元・妖精族の長。現在はブリュンヒルドの宮廷魔術師（暫定）。見た目は幼いが長い年月を生きている。自称612歳。魔法の天才。人をからかうのが好き。闇属性魔法以外の六属性持ち。冬夜のお嫁さん予定。

桜《さくら》

冬夜がイーシェンで拾った少女。記憶を失っていたが取り戻した。本名はファルネーゼ・フォルネウス。魔王国ゼノアスの魔王の娘。頭に自由に出せる角が生えている。あまり感情を出さないが、歌が上手く、音楽が大好き。冬夜のお嫁さん予定。

ポーラ

リーンが【プログラム】で作り上げた、生きているかのように動くクマのぬいぐるみ。200年もの間改良を重ね、動き続けている。その動きはかなりの演技派俳優並。ポーラ……恐ろしい子！

冬夜の召喚獣・その一。白帝と呼ばれる西方と大道の守護者にして獣の王。神獣。普段は虎の子供のサイズで目立たないようにしている。

冬夜の召喚獣・その二。二匹でワンセット。玄帝と呼ばれる神獣。鱗の王。水を操ることができる。珊瑚が亀、黒曜が蛇。

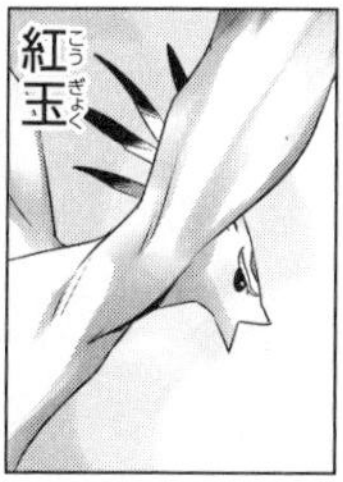

冬夜の召喚獣・その三。炎帝と呼ばれる神獣。鳥の王。落ち着いた性格だが、その外見は派手。炎を操る。

冬夜の召喚獣・その四。蒼帝と呼ばれる神獣。青き竜の王。皮肉屋で琥珀と仲が悪い。全ての竜を従える。

正体は恋愛神。冬夜の姉を名乗る。天界から逃げた従属神を捕獲するという大義名分の名のもとに、ブリュンヒルドに居座った。語尾に「〜なのよ」とつく。けっこうぐうたら。

正体は剣神。冬夜の二番目の姉を名乗る。ブリュンヒルド騎士団の剣術顧問に就任。凛々しい性格だが少々天然。剣を持たせたら敵うもの無し。

手違いで死なせてしまった冬夜を異世界に転生させた張本人。現在は世界の運営を冬夜に託している。下界におりてくる際は冬夜の祖父を名乗る好々爺。意外とおちゃめ。

時をつかさどる上級神で、普段は時空の乱れなどを防いだり修復したりしている。下界におりてくる際は冬夜の祖母を名乗っており、子供たちにもおばあちゃんとして慕われている。

バビロンの遺産、『庭園』の管理人。愛称はシェスカ。メイド服を着用。機体ナンバー23。口を開けばエロジョーク。

バビロンの遺産、『工房』の管理人。愛称はロゼッタ。作業着を着用。機体ナンバー27。バビロン開発請負人。

バビロンの遺産、『錬金棟』の管理人。愛称はフローラ。ナース服を着用。機体ナンバー21。爆乳ナース。

バビロンの遺産、『格納庫』の管理人。愛称はモニカ。迷彩服を着用。機体ナンバー28。口の悪いちびっ子。

バビロンの遺産、『城壁』の管理人。愛称はリオラ。ブレザーを着用。機体ナンバー20。バビロンナンバーズで一番年上。バビロン博士の夜の相手も務めていた。男性は未経験。

バビロンの遺産、『塔』の管理人。愛称はノエル。ジャージを着用。機体ナンバー25。とにかく寝てる。食べては寝る。基本的にものぐさで面倒くさがり。

バビロンの遺産、『図書館』の管理人。愛称はファム。セーラー服を着用。機体ナンバー24。活字中毒者。読書の邪魔をされるのを嫌う。

バビロンの遺産、『蔵』の管理人。愛称はパルシェ。巫女装束を着用。機体ナンバー26。ドジっ娘。しかもその自覚がない。うっかり系のミスが多い。よく転ぶ。

バビロンの遺産、『研究所』の管理人。愛称はティカ。白衣を着用。機体ナンバー22。バビロン博士及び、ナンバーズのメンテナンスを担当。激しく幼女趣味。

古代の天才博士にして変態。空中要塞『バビロン』や様々なアーティファクトを生み出した。全属性持ち。機体ナンバー29の身体に脳移植をして、五千年の時を経て甦った。

裏世界において、ゴレム技師として五指に入る実力を持つ人物。好奇心が旺盛で、気が合うのかよくバビロン博士といっしょに様々な実験や開発をしている。

冬夜とユミナの子供にして現在唯一の男子。温厚な性格だが、やるときはやる意志の強さは父親譲りか。戦闘では複数の魔眼を巧みに操る器用さも見せる。趣味はジオラマ製作。

冬夜とエルゼの子供で六女。母であるエルゼよりどちらかというとリンゼに似ておとなしい性格。戦闘は主に魔法で戦う。母親が双子のためかリンネと仲がいい。

冬夜とリンゼの子供で七女。こちらも母であるリンゼよりどちらかというとエルゼに似て強気で活動的。転移直後に武闘大会に出場するなどお転婆な面も。戦闘は主にガントレットで戦う。

冬夜と八重の子供で長女。しっかりもので、よく年少組を監督してくれている。【ゲート】が使えるため、こちらに転移してきた際もいつでもブリュンヒルドに帰れることから武者修行の旅に出ていた。

冬夜とルーシアの子供で五女。料理が得意で冬夜に食べさせるのが好き。お父さん大好きっ子でよく母親のルーシアと張り合っているが仲自体は良好。

冬夜とスゥシィの子供で八女。末っ子で甘え上手。まだ幼いため無鉄砲なところがある。自身に【プリズン】をまとい突撃する『ステフロケット』という得意技で冬夜を悶絶させたことも。

冬夜とヒルダの子供で次女。のんびり屋だが正義感が強く騎士道精神に憧れている。【ストレージ】に入れてある多種多様な武器を使って戦うため、実益を兼ねて武器集めが趣味。

冬夜とリーンの子供で三女。魔工学に強い関心を持ち、過去の超技術が発見されればフィールドワークもいとわない活動的な面も。ポーラに似たゴレム『パーラ』を制作している。

冬夜と桜の子供で四女。自由奔放な性格で芸術、主に音楽関連に才能を見せる。歌うのも好きだが、演奏の方が好きで、あらゆる楽器を使いこなす。

異界を渡り歩く種族でフレイズの王を探していた。ついにフレイズの王・メルと再会し結婚。ブリュンヒルドで幸せに生活しているが、武神に気に入られ、いつの間にか眷属になってしまっていた。

元フレイズの王で、永い時を経て再会したエンデと結婚生活を営んでいる。ブリュンヒルドに来てから美食に目覚め、いろんなものを試しては楽しんでいる。

エンデとメルの娘。お転婆な性格で冬夜の息子である久遠のことが大好き。久遠のお嫁さんになるため、花嫁修行を頑張っている。愛称はアリス。

異世界はスマートフォンとともに。
世界地図

パレリウス
王国
王都パルス
パルーフ
王国
王都ゼノスカル
魔王国ゼノアス
王都スラーニエン
エルフラウ
王国
リーニエ
王国
王都ニムエ
王都ハノークス
ハノック王国
ノキア
王国
ユーロン地方
神国
イーシェン
皇都ベルン
フリース
皇国
レグルス
帝国
帝都ガラリア
ベルファスト
王国
ブリュンヒルド
公国
王都アレフィス
ロードメア
連邦
王都ファルマ
ホルン
王国
リフレットの町
聖都
イスラ
首都パネラメア
フェルゼン
王国
ラミッシュ
教国
ミスミド
王国
王都
ベルジュ
王都アトライル
ライル
王国
王都レスティン
大樹海
騎士王国
レスティア
ドラゴネス島
サンドラ
王国
王都キュレイ
レトラバンバ
イグレット
王国
新世界

前巻までのあらすじ。

神様特製のスマートフォンを持ち、異世界へとやってきた少年・望月冬夜。二つの世界を巻き込み、繰り広げられた邪神との戦いは終りを告げた。彼はその功績を世界神に認められ、一つとなった両世界の管理者として生きることになった。一見平和が訪れた世界。だが、騒動の種は尽きることなく、世界の管理者となった彼をさらに巻き込んでいく……。

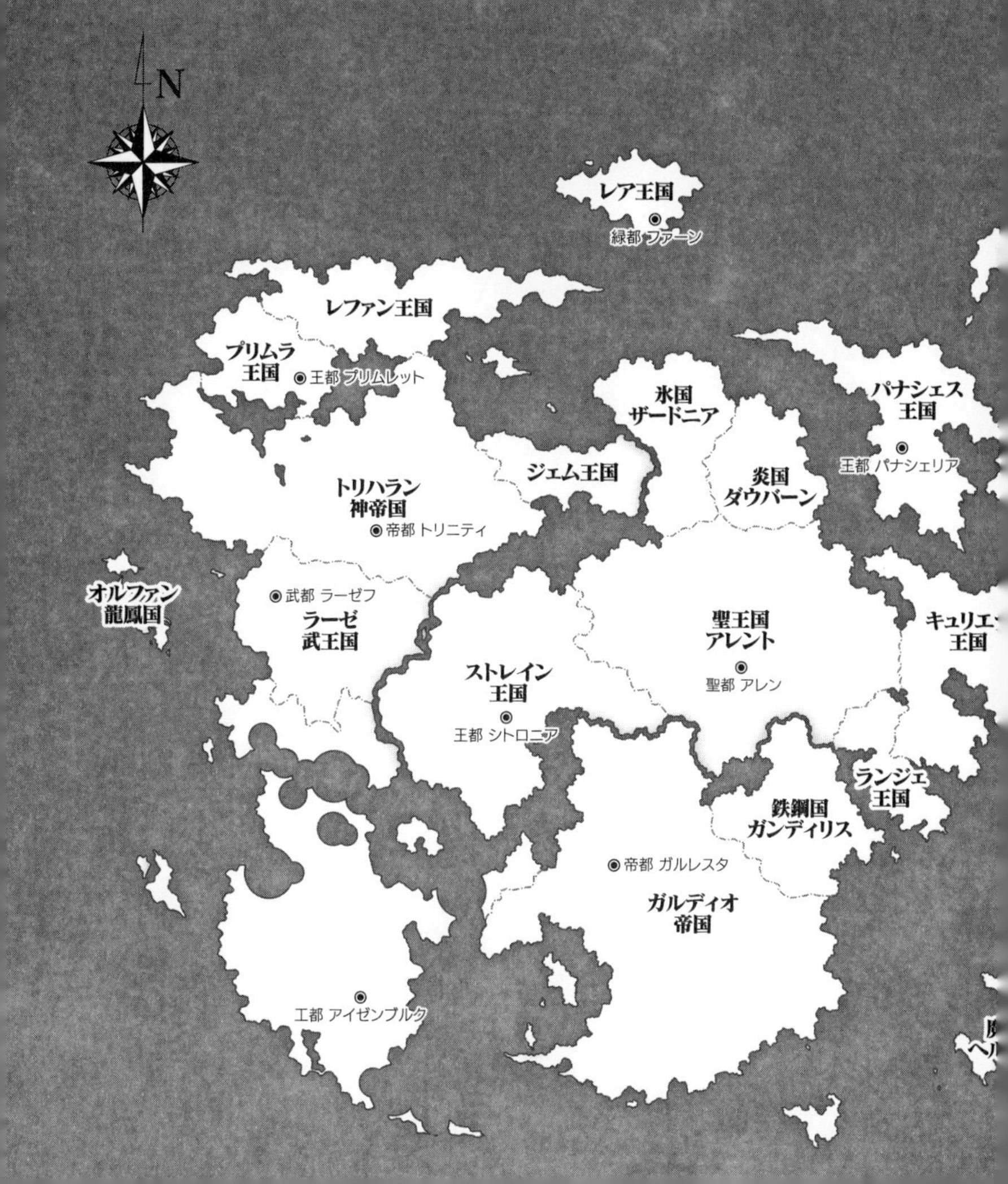

口絵・本文イラスト　兎塚エイジ
メカデザイン・イラスト　小笠原智史

第一章　邪神の使徒との二連戦

無事（？）久遠《くおん》の婚約者《こんやくしゃ》となったアリスは、次の日から淑女《しゅくじょ》教育に追われることになった。

礼儀《れいぎ》作法に教養、ダンスに社交術などを、厳しく躾《しつ》けられることになったのだ。

教えるのは主にユミナであるが、ここにルー、ヒルダ、スゥの王族出身者に加え、ミスミドの外交大使をしていたリーンも外交の交渉術《こうしょうじゅつ》を指導することになった。

いやいや、流石《さすが》に詰《つ》め込《こ》み過ぎじゃないのか？　アリスが可哀想《かわいそう》だろ……と僕《ぼく》は思っていたのだが、驚《おどろ》くべきことに、アリスはスポンジが水を吸収するかのように次々と王妃《おうひ》に必要な知識と技術を自分のものにしていった。

「アリスの順応性の高さは折り紙付きです。一度やる気になったなら必ずやり遂《と》げる子ですから」

久遠が婚約者になったアリスのことをそんなふうに述べる。天才肌《てんさいはだ》ってやつか？　そこらへんは親父《エンデ》に似たのだろうか。

副次効果としてありがたかったのは、アリスに負けじとリンネやステフまでもが淑女教育に前向きになったことか。

「別にあなたたちの性格を変えろと言っているわけではないの。公の場では切り替《か》えなさいというだけ。戦いでも自分の手札をそう簡単に見せたりはしないでしょう？　相手の油断を誘《さそ》い、隙《すき》を窺《うかが》うために淑女という鎧《よろい》を纏《まと》うのよ」

そんなふうにリーンがたとえると、理解しやすかったのか、リンネとステフもアリスほどではないが、まともなマナーを身につけていった。

と、まあ、子供たちが頑張《がんば》っているのに父親である僕も頑張らねば示しがつかない。

神器を作るために必要な『神核《しんかく》』を作るため、僕は朝から神気の圧縮に勤《いそ》しんでいた。

「ぬぐぉぉぉぉ……！」

神気の塊《かたまり》を少しずつ、少しずつ圧縮して小さくしていく。焦《あせ》ってはいけない。焦って変な力が加わると圧縮した神気が一気に弾《はじ》け飛んでしまう。

なんとかソフトボールくらいまで圧縮できたのだが、ここからさらに小さくするとか無理なんじゃないの⁉　と思うほど神気が小さくならない。

ほんの少し小さくするだけでも今までかかった労力の軽く倍は負担がかかる。

今日はここまで！　とセーブできたらどれだけいいか。

「あっ」

そんな馬鹿《ばか》なことを考えていたせいか、神気の玉が弾け、辺りに光の粒《つぶ》を撒《ま》き散らした。

はぁ……。また失敗か。これで何度目の失敗だろう。そして同時に襲《おそ》ってくるものすごい疲労《ひろう》感。フルマラソンを走ってもこれほどの疲《つか》れは出ない気がする。

「とーさま！」

「ぐっふう⁉」

気力体力を奪《うば》われたところに、不意に横からタックルを食《く》らわされた僕は見事に吹《ふ》っ飛ばされて地面に横倒《よこだお》しになる。僕、今『く』の字にならなかった⁉

痛む脇腹《わきばら》にはにっこにこのステフがしがみついている。

「ステフ……【アクセル】を使って飛びつくのはやめなさいと……」

「とーさま！　ステフ、うみいきたい！」

「海？」

ズキズキとする脇腹をさすりながら、ステフの言葉に疑問をもって返す僕。

なんだって海に？

「リンネねーさまにきいたの！　ステフもざらたんにあいたい！」

「ざらたん？　ああ、ザラタンか……」

子供たちと魔竜《まりゅう》退治に大樹海へ行ったとき、集団暴走《スタンピード》に出くわした。その原因となっていたのが眠《ねむ》りから目を覚ました巨大《きょだい》な亀《かめ》の魔獣《まじゅう》ザラタンである。

巨獣《きょじゅう》のような馬鹿みたいに大きな魔獣だが、あれで巨獣じゃないってんだからとんでもないヤツだった。狩奈姉さんの話ではとてもおとなしい魔獣であるとのことだが、あのサイズでは歩くだけで災害級の被害《ひがい》を生み出してしまうだろう。

「海に行ってもザラタンに会えるとは限らないぞ？」

「クーンねーさまがとーさまならさがせるっていってた！」

ぬう。確かに探せないこともないけども……。さすがに深海とかにいたらどうしようもないぞ？　鯨型《くじらがた》オーバーギアのヴァールアルブスを使えば深海も行けなくはないけど、あれはいま邪神の使徒の探索《たんさく》に回しているからできれば使いたくはない。

一応探してみようと世界地図をスマホで空中に投影《とうえい》し、ザラタンを検索《けんさく》してみる。

「けっこういるな……」

世界中を範囲《はんい》にしてみると、ザラタンはそれなりの数がいるようだった。

といっても三十匹《ひき》もいない感じだが。いやまあ、あんなのが三十匹もいる段階でかなりのもんだけども。

海にいるやつもいれば陸にいるやつもいるな。陸にいるやつは僕らが出会ったのと同じで、冬眠《とうみん》状態なのだろうか？　なにしろ千年単位で冬眠するらしいからな。

陸にいるのは寝《ね》ていると見て、海にいても深海じゃどうしようもない。

深海にいるやつは省いてもう一度検索、と。

「お？　イグレット王国に近いところに一匹いるぞ。ひょっとしてこれって僕らが出会ったザラタンじゃないかな……」

位置的にはおかしくない。大樹海からほど近い島国、イグレット王国には守り神と人々から親しまれているシーサーペントがいる。テンタクラーの大繁殖により大怪我《おおけが》をしたが、すでに復活してイグレット王国の海の平和を守っているのだ。

さすがのシーサーペントもザラタンには敵《かな》わないだろうが、ザラタン自体がおとなしいから争ったりはしないだろう。

イグレット王国に行けばこのザラタンを見ることはできそうだ。

前に子供たちがみんな揃《そろ》ったら海水浴に行こうかって話もしてたしな。ついでにその約束も果たしておくか。

「よし、じゃあザラタンを見に行こうか」

「やったあ！」

ステフが喜んで飛び上がる。気持ち的には海水浴のついでにホエールウォッチングにでも行くような感じである。本当に鯨が出るのなら海水浴なんかできやしないが。

子供たちを連れて海水浴……おお、幸せ仲良し家族っぽくない？

でもたぶん、アリスも連れて行きたいってリンネあたりが言うだろうし、そうなるとあの親父《エンデ》もついてくるだろうなぁ。いや、アリスと久遠が婚約《こんやく》することになったのだからもう家族みたいなもんなのか……。

花恋《かれん》姉さんや諸刃《もろは》姉さんたちも行くって言いそうだ。博士たちは行かなそうだけども。

いっそのこと非番の騎士団《きしだん》の連中も連れて行くか。慰安《いあん》旅行だ。

ま、先にイグレットの国王陛下に許可をいただかないといけないな。

みんなでうみー！　とはしゃぐステフをなだめながら僕はそんな段取りを考えていた。

◇　◇　◇

「うみだー！」

【ゲート】を開いた瞬間《しゅんかん》、【アクセル】を使って砂浜《すなはま》を全力で駆《か》けて行く浮《う》き輪《わ》を持ったステフ。ロケットダッシュかよ。

「こら、ステフ！　待つのじゃ！」

それを慌《あわ》てて追いかけていく母親《スウ》と『金』の王冠《おうかん》であるゴールド。元気だなぁ……。

すでにこちらで水着に着替《きか》えたみんながぞろぞろとイグレット国王のプライベートビーチに足を踏《ふ》み入れてくる。

ぐるりと岩場に囲まれた、まるで隠《かく》れ家的《がてき》な砂浜である。王族がプライベートで楽しむには理想的なビーチだな。

イグレット国王は快くこのビーチの使用許可をくれた。その代わりといったらなんだが、もしもザラタンがイグレットの方へ来るような事態になったら僕がなんとかすることになったけれども。

「海水浴なんて久しぶりでござるなー」

「子供たちが来てからなにかと忙《いそが》しかったですからね」

八重《やえ》とヒルダがそう言いながら砂浜を歩いていく。

「私たちも海は久しぶりだな」

「未来《あっち》じゃ、お父様たちが忙しくてみんなで海なんかここ数年無かったんだよ」

それに続く八雲《やくも》とフレイの会話で、だからステフはあんなにテンションが高いのか、と納得《なっとく》してしまった。ううむ、未来の僕が申し訳ない。

八重と八雲、ヒルダとフレイは同じ色の水着を着ていた。彼女《かのじょ》たちだけではなく、それぞれ自分の子供たちと同じ系統の色の水着である。海水浴に行くと言ったら、すぐにザナックさんの服飾店《ふくしょくてん》でみんな一通りおそろいのを注文したらしい。

いや、久遠だけは白地に黒いラインの入ったバミューダパンツだが。さすがに女の子みたいだとはいえ、ユミナもそこは男物を選んだようだ。当たり前だが。

花恋姉さんたちも水着に着替えて海へ向かっている。諸刃姉さんもはしゃぐ騎士団員にあれこれと注意していた。

騎士団のみんなをバカンスのつもりで誘ったのだが、諸刃姉さんがいると海兵隊の訓練のようになりそうな気がするのはなぜだろうね？

「メル様、この水着というものをどうしても着なくてはならないのですか？」

「みんなも着てますし……それがこの世界のルールなら従わないと」

「アリスに頼《たの》まれたから着ないといけない」

と、続いてアリスの母親であるフレイズ三人組がアリスを連れてビーチに足を下ろした。その身には色違《いろちが》いのワンピースをそれぞれ纏っている。アリスもメルと同じアイスブルーのワンピースであった。

三人は【ミラージュ】の付与《ふよ》されたペンダントのおかげで肌《はだ》は人間と同じように見えていた。

以前は服まで【ミラージュ】の幻影《げんえい》を纏っていた三人だったが、それでは不意に触《さわ》られた時に、肌の硬質《こうしつ》な質感が伝わってしまうため、【ミラージュ】で肌の偽装《ぎそう》をした上から本物の服を着るようになっていた。

とはいえ水着を着るのは初めての体験らしく、いささか戸惑《とまど》っているようだったが。

「お母さんたちとっても似合ってるよ！　ねえ、お父さん？」

「う、うん、よく似合っているよ」

エンデもそういう姿は新鮮《しんせん》だったのか、どこかドギマギしているように見える。中学生か。

「あっ、くおーん！　どう？　ボクの水着！」

「素敵《すてき》ですね。アリスによく似合っています。可愛《かわい》いですよ」

「もう～、久遠ったらお世辞が上手《うま》いんだから～」

「事実を述べたまでですが？」

久遠の言葉に真っ赤になりながらくねくねと身をよじらせるアリス。

「くっ、なんてそつのない……！　あれ、本当に冬夜《とうや》の息子《むすこ》!?　冬夜なら『なにが？』とか言いそうなのに……！」

「うるさい」

余計なことを言うエンデを睨《にら》みつける。さすがの僕でも『似合ってるよ』くらいは言うぞ。そこまで朴念仁《ぼくねんじん》じゃない……はずだ。

そんなことをしている間に、騎士団のみんながテキパキとビーチを過ごしやすいように、テントにタープ、ビーチパラソルにビーチチェアなどをセッティングしていく。

なんかビーチバレーのネットまで立てているんだけど、みんな遊ぶ気満々だな……。いや、非番だし、慰安旅行も兼《か》ねているから構わないんだけれどね。

「珊瑚《さんご》、黒曜《こくよう》、一応周辺の警戒《けいかい》をしてくれるか？」

『御意《ぎょい》に』

『了解《りょうかい》よぉ～』

久しぶりの海に珊瑚と黒曜も嬉《うれ》しいのか、楽しげにふよふよと海の方へと向かっていった。

イグレット王国近海は守り神であるシーサーペントの縄張《なわば》りだから、変な魔獣はいないと思うけど念のためだ。またテンタクラーみたいなのが出ても困るしな。

年少組の子供たちはさっそく海に入ろうとしたようだが、年長組が準備運動をしてから、と注意すると、素直《すなお》に従っていた。基本的にうちの子らは姉兄の言うことを素直にきくのでそこらへんは助かる。

準備運動を終えた子供たちがみんな一斉《いっせい》に海へと走っていく。

ザラタンを見たいと言った、言い出しっぺのステフが真っ先に海に飛び込んでいる。まあ、ザラタンは後でもいいだろ。沖《おき》の方で動いていないみたいだし。

他《ほか》のみんなも各々《おのおの》楽しみ始めたようだ。

騎士団の連中は砂浜でビーチバレーを始め、奥《おく》さんたちはタープの下でお茶会を始めている。

さて、僕はどうするかな……。

「冬夜君、こっちこっち」

所在なげにしていると、ビーチパラソルの下にいた花恋姉さんに手招きされた。

砂浜の上にシートを広げ、それぞれ似合いの水着を着た神様たちが揃って酒盛りをしている。すでに酒神である酔花《すいか》はいい感じに酔《よ》っているようだ。酔ったまま海に入るなよ？

まあ、たまにはこっちのグループに入ってもいいかと僕もシートに腰《こし》を下ろす。なにかの魔獣の革《かわ》でできているらしいこのシートは、灼熱《しゃくねつ》の砂浜の上でも熱を全く通さないようで、熱くはなかった。

時江《ときえ》おばあちゃんと武流《たける》叔父《おじ》は欠席か。時江おばあちゃんは次元震《じげんしん》の余波である歪《ゆが》みが固定されて、タイムトンネルにならないように今は監視《かんし》をしているらしい。武流叔父は諸刃姉さんの代わりの留守番で、騎士団の方を見てもらっているからである。まあ、あの人来るとエンデがくつろげないだろうからね……。

「お～、冬夜お兄ちゃんら～。ま、ま、駆けつけ三杯《ばい》……」

「いや、飲まんて。未成年だから」

「まだその常識引きずってんのぉ？　子供まで作っておいて……」

いや、子供を作ってようが未成年は未成年だろ。いや、子供も作ってはいないけどね？

地球年齢《ねんれい》ではまだ二十歳《はたち》になっていないので、僕はお酒を飲まない。まあ、何度か飲んでしまっているけれども。一応、自分なりの決め事だ。

酔花が僕に差し出したグラスを自分でキュッと呷《あお》ると、にへぇ、と緩《ゆる》んだ顔になる。ホント幸せそうに飲むなあ。ちょっとだけ決意が揺《ゆ》らぐ。

その横で音楽神の奏助《そうすけ》兄さんがハワイアンな曲をウクレレで弾いていた。これってダイヤモンドヘッドのことを歌ったハワイじゃ定番な曲だっけか。

ここはハワイとは違《ちが》った風景だけど、悪くはないと思う。

「ところで冬夜君。例の神器製作の方は進んでいるのかい？」

「いやー、まあ、ぼちぼち……？」

農耕神である耕助叔父《こうすけおじ》の問いかけに、僕はなんとも歯切れの悪い返事をして視線を逸《そ》らしてしまう。

神器の動力源とも言える『神核』でさえ、まだできていないのだ。そう簡単にできるものではないとはいえ、こうも失敗続きだと自信をなくすよねぇ……。

「まあ、神器なんざそう簡単に作れるもんじゃないさ。本来なら百年かけて作るようなものなんだから、焦らずにやればいいいと思うけどねえ」

狩奈姉さんが慰《なぐさ》めるようにそんなことを口にするが、そうも言ってられない理由があるからさあ。

『邪神の使徒』を倒《たお》すにあたり、僕は神族という立場から神の力を使えない。なのに向こうは邪神の力を使ってくるという、ふざけんなと言いたくなるような状況《じょうきょう》だ。

それを打破するには神の力を使える神器を生み出し、地上の誰《だれ》かに使ってもらわないといけない。

だけど今のところその使い手として有力候補なのが子供たちなんだよなぁ……。

例えば刀の神器を作り、八雲に使って貰《もら》えば邪神が復活しても消滅《しょうめつ》させることができるかもしれない。

ただ能力がそれ一辺倒《いっぺんとう》だと、臨機応変に対処することができないかもしれないしなあ。どうしたらいいのやら……。

「参考になるかわかりませんけど、奏助君の楽器、あれも神器ですよ」

「え⁉」

耕助叔父の言葉に、思わずハワイアンミュージックを弾いていた奏助兄さんを凝視《ぎょうし》する。正確にはその手の中にあるウクレレを、だが。

「そのウクレレが神器？」

「うけけ。奏助お兄ちゃんの神器は『千変万化《せんぺんばんか》』っていって、どんな楽器にも変化できるのら～」

酔花が口にした言葉を証明するように、奏助兄さんの手の中にあったウクレレが一瞬《いっしゅん》にしてギターに、バンジョーに、シタールに、三味線《しゃみせん》に、月琴《げっきん》にと目まぐるしく変化していった。

弦楽器《げんがっき》だけでなく、ドラム、ピアノ、トランペット、フルートなど、様々な楽器に変化して、最終的には手のひらに収まるほどの小さな何かに変化した。

それは淡《あわ》い光を放つ銀色の音符《おんぷ》であった。金属のようでいて金属ではない、不思議な質感をしている。

帯びているのは神気の光だ。これが奏助兄さんの神器『千変万化』の本来の姿なのだろう。

「地上に生きる者にとってはとてつもないものでも、神々にとって神器は便利な道具でしかない。みんなそれぞれ何かしら自分の神器を持っていますからね」

「え、そうなの？」

耕助叔父の言葉にみんなを見回す。みんな自分の神器を持っていたのか。

「ええ。例えば私は農具関連の神器を、狩奈さんは狩猟《しゆりよう》道具を、酔花さんは盃《さかずき》や酒瓶《さかびん》などですね」

「花恋姉さんや諸刃姉さんは？」

「私はもちろん剣《けん》の神器を持っているよ。地上で使うと軽く大陸が吹っ飛ぶから使わないけど」

大陸が吹っ飛ぶって……。おっそろしい神器だな……。諸刃姉さんの神器は強力過ぎて地上の人間では到底《とうてい》使えないらしい。

「花恋姉さんのは？」

「んー、私のは白銀の弓と黄金の矢でね、貫《つらぬ》かれると目の前の人に恋心《こいごころ》を持ってしまうってやつ。ま、若気の至りで作っちゃったけど、もう神界の倉庫に放《ほう》り込んで封印《ふういん》しちゃった。やっぱり恋愛《れんあい》は自然に生まれないと価値がないのよ」

恋が芽生える弓矢か。『キューピッドの矢』みたいなものかね？

しかしいろんな神器があるんだな……。奏助兄さんの神器のように、状況によって変化する神器ってのはいいかもしれない。

潮騒《しおさい》の音を聞きながら僕はそんな考えを巡《めぐ》らせていた。

◇　◇　◇

「久遠、そっちのお肉はもう焼けてますから食べてもいいですわ。あっ、フレイお姉様、そっちのはまだ焼けてませんから！」

ジュウジュウと美味《おい》しそうな音を立てて焼かれている串肉《くしにく》を、アーシアがテキパキとひっくり返しながらあれこれと指示を出している。

海水浴と来たら昼食は浜辺《はまべ》でバーベキューだ。持ち込んだ肉や野菜が次々と焼かれ、僕たちの腹の中へと消えていく。

ちなみに魚や貝などの海産物は狩奈姉さんが採ってきた。なんで一人であんなに採ってこられるのかが不思議でならない。狩猟神の力は漁獲《ぎょかく》にも発揮されるのだろうか。

「フレイ、慌てないでもっとゆっくり食べなさい。誰も取りませんから」

「たくさん泳いだからお腹《なか》が減ったんだよ」

呆《あき》れたように嗜《たしな》めるヒルダをよそに、フレイが焼かれている串肉をバクバクと口に入れる。

それに負けず劣《おと》らず、八重やフレイズ三人組もその旺盛《おうせい》な食欲を遺憾《いかん》無く発揮していた。騎士団の連中もガツガツと食べている。まあ、喜んでもらえているようでよかったよ。

ふと、騎士団の背後にあるものが視界に入る。

そこには砂で作られた、大きな城が鎮座《ちんざ》していた。石積みや窓など細かいところまで徹《てっ》底的《ていてき》に作《つく》り込まれた本当にリアルな城である。

作ったのはもちろん久遠だ。この大作を僕の息子はわずか二時間ほどで作り上げてしまった。思わず写真に撮《と》ってしまったよ。

一緒《いっしょ》に遊べないとアリスが拗《す》ねるのではないかと思ったが、意外にもアリスは楽しそうに久遠が砂の城を作るのを横で眺《なが》めていた。

アリスなら久遠を海に引き摺《ず》って行くと思ったのだが。ううむ、淑女教育の効果が出てきているのだろうか。

そのアリスに一緒に遊ぼうとエンデが誘ってすげなく断られていたのはちょっと不憫《ふびん》だったが。

あまりの出来栄《できば》えに【プロテクション】をかけて保存したい気持ちになったが、久遠の『こういった作品は保存できないからいいのです。容易《たやす》く崩《くず》れるのもまたこの作品の魅力《みりょく》の一部なのですから』との言葉に、渋々《しぶしぶ》断念した。確かに儚《はかな》さが美しさを際立《きわだ》たせるという面もあるのかもしれない。

対抗《たいこう》したわけじゃないが、僕も土魔法《まほう》で大きな滑《すべ》り台《だい》を作り、【プロテクション】をかけてウォータースライダーもどきを作った。

最後は海へと飛び込んでいくやつだ。子供たちのためにと作ったのだが、大人たちも一緒に交ざって遊んでいた。ま、いいんだけどね。

「えいっ！　あれっ？」

目隠《めかく》しをしたステフの木刀が、スイカの真横に振《ふ》り下ろされる。残念ながら外れたようだ。

腹ごなしにとあっちではスイカ割りをしている。スイカは耕助叔父が育てたやつだ。さっきちょっとだけ食べたが甘《あま》くて美味《うま》かった。

ステフに続いてリンネが挑戦《ちょうせん》したが、またもや外れていた。

というかさ、普通《ふつう》スイカ割りって、周りの人たちが『もっと前！』とか『もうちょい左！』とか声をかけるもんじゃないの？

「それじゃあ修行《しゅぎょう》にならないじゃない。正確に位置を把握《はあく》して、自分の歩幅《ほはば》と武器の長さを考えればそんなに難しくはないはずよ？」

と、エルゼがなんでもないことのように言うが、難しいだろ、それは。始める前にぐるぐる回されているんだぞ？　ていうか、スイカ割りを修行の一環《いっかん》にするなよ。

「う〜、スイカに殺気があればわかるのにぃ……」

外したリンネが悔《くや》しそうに呟《つぶや》く。そんな殺気のあるスイカなんぞ怖《こわ》くて食べられんわ。

その後、木刀を受け取った八雲が見事にスイカを真っ二つにした。割ったのではない。明確に斬《き》った。木刀で。飛び散って食べられなくならないから、そっちの方がありがたいんだけれども……。

午後からはステフのリクエストにより、沖にザラタンを見に行く予定だ。

といっても見に行くのは僕と子供たちだけで、他のみんなは浜辺に残る。一応、画像は中継《ちゅうけい》するつもりだけどね。

《主《あるじ》。報告したいことが》

《ご主人様、大変よぉ〜》

「ん？　珊瑚と黒曜か？　どうした？」

沖の方へ見回りに行っていた珊瑚と黒曜から不意に念話が飛んできた。なにかあったのだろうか。ザラタンがこっちに向かっているとか？

《いえ、ザラタンではなく、何百もの巨大ゴレムの大軍が海底を進んでおります。あと数時間ほどでそちらへと上陸するでしょう》

「なんだって!?」

思わず叫《さけ》んだ僕に、周囲の目が集まる。まさか『邪神の使徒』か!?

マップを開き、検索してみるが反応がない。どういうことだ？　一つ目キュクロプスじゃないのか？

いや、『ゴレム』と検索しても反応しないのだから、これは『方舟《アーク》』と同じ邪神の力による隠蔽《いんぺい》が施《ほどこ》されているのか。

「進軍してきているのは全部一つ目キュクロプスか？」

《いえ、その他に半魚人と四つ腕《うで》ゴレムが数千体。あと、一体だけ一つ目だけど他の機体と色違いのものがあるわぁ。他のよりかなり大きくて、がっしりとした感じのやつが》

指揮官機か？　だとしたらこの間のと同じく『邪神の使徒』が乗り込んでいるのかもし

れない。

まさか僕らを狙《ねら》ってきた……？　いや、ここで僕らが海水浴をするのはイグレットの王室にしか知らせてないし、もともとイグレットを狙っていたのだろう。

というか奴《やつ》らにとってはイグレットが狙いなわけじゃないと思う。どこだってよかったのだ。

奴らに狙いがあるとすれば、人々を不安や恐怖《きょうふ》に陥《おとしい》れ、溢《あふ》れた負の感情を邪神へと捧《ささ》げる……そんなところか？

こうしちゃいられない。すぐに対策を取らねば。

僕はイグレット国王陛下へと電話を繋《つな》いだ。

◇　◇　◇

「来たな……」

僕は【ロングセンス】で飛ばした視覚で、海から上がってくるキュクロプスの群れを確《かく》認《にん》する。

イグレットの海は遠浅なので、遠くからでも進軍してくる奴らがよく見える。

珊瑚と黒曜の報告通り、奴らの先頭には一際《ひときわ》大きい巨大なゴレムがキュクロプスを率いていた。

太陽に輝《かがや》くそのボディはメタリックブラウンの光を放ち、厚みのありそうな装甲《そうこう》はパッと見れば重装型に思える。

頭には他のキュクロプスにはない角のようなものがついていた。角付きか。

大きさはスゥの乗るオルトリンデ・オーバーロードとほぼ同じくらいだ。

手にはこれまた同じメタリックブラウンの巨大な肉切り包丁のような武器を持っている。

以前会った邪神の使徒が持っていた紫《むらさき》の槍《やり》と同じ不気味さをあの武器からも感じる。要注意だな。

こちらの陣営《じんえい》はイグレット騎士団の皆《みな》さんに、僕の奥さんたちの専用機《ヴアルキユリア》、エンデの竜騎士《ドラグーン》、そしてうちの騎士団の乗るフレームギア数百機。

なのに僕のレギンレイヴはないというね……。

『そんなこと言われてもね。専用機《ヴアルキユリア》を複座式にする方を優先してって言ったのは冬夜君だろ？』

「仰《おっしゃ》る通りでございます……」

電話から聞こえてくる博士の声に僕は軽く頭を下げた。

奥さんたちの専用機《ヴァルキュリア》は、子供たちも乗れるように複座式に改良されていた。それだけではなく、コントロールを切り替えることもできる。そのオンオフは母親側にあるが。

なんでそんな改造をしたかって？　聞かないでくれよ……。娘《むすめ》全員にねだられたら断るなんて不可能なんだよ……。

久遠だけは僕の味方になってくれたが、それでも多勢に無勢、押《お》し負けてしまった。

子供たちはフレームギアの扱《あつか》いに慣れているし、問題ないといえば問題ないのだけれど……。

基本的に子供たちは自分の母親と同じ機体に乗ることになっているが、エルゼとリンゼのところだけは、入れ替えているようだ。

つまりリンネがエルゼの、エルナがリンゼの機体に乗る。その方が扱いやすいらしいからこれも問題ないだろ。

久遠が複座式に反対していたのは、おそらくユミナと一緒に乗るのが恥《は》ずかしいからではないかと僕は睨んでいる。

男の子はね、母親と一緒に行動するのが照れくさい時期があるからね。これは仕方ない。レギンレイヴが使えたならこっちに乗せたのだけれども。

ユミナは喜んでいたから今回は付き合ってあげてほしい。

『それで旦那様《だんなさま》。あれと真正面からぶつかるのでござるか？』

「こうも見晴らしがいいとその方がいいかな……。何かあったらすぐ僕がサポートに入れるし」

シュヴェルトライテの外部スピーカーから聞こえてきた八重の声に、スマホを通して僕はそう答える。

数は負けているが、戦力的にはこちらが有利だと思う。向こうがなにか隠し球《だま》でも持っていない限りは。

『あのデカブツはわらわたちの方で受け持つぞ』

『あのおっきいのはステフがやっつける！』

オーバーロードからスゥとステフの声が聞こえてきた。

大きさからもあのメタリックブラウンのキュクロプス、『角付き』はオーバーロードが相手をした方がいいと思うけど、相手はなにをしてくるかわからない。手に持った肉切り包丁も不気味だしな。充分《じゅうぶん》に気をつけて欲《ほ》しい。

『半魚人とか四つ腕ゴレムはイグレットの騎士団に任せていいのよね？』

「ああ、キュクロプスは海から上陸させない。上陸した細かいのはあっちに任せることになっている」

そっちの方はイグレット国王陛下と電話で話をつけている。キュクロプスの相手は基本的にブリュンヒルドがする。

だけど向こうの長距離攻撃《ちょうきょりこうげき》で浜辺を攻撃《こうげき》されると困るので、守りに重騎士《シュバリエ》を何機か残すつもりではあるが。

『やっぱり上陸する前に叩《たた》けるように、水中戦用のフレームギアの開発を急いだ方がいいね』

「うーん、開発しても量産するのに時間がかかるよなあ……」

博士の通信を聞きながら僕は眉根《まゆね》を寄せる。いくら【工房《こうぼう》】だって短期間でそんなにポンポン量産はできない。さらに言うならまた鋼材費がかかる。

いや、重騎士《シュバリエ》を潰《つぶ》して素材を取ればいくらかは浮くけどさ……。

『む？　なんだあれは……？』

「え？」

飛ばしている偵察《ていさつ》無人機からの映像を見ているであろう博士の訝《いぶか》しげな声に、僕《ぼく》は思考の海から浮上《ふじょう》した。

『角付きの後方だ。なにかを立てている……？』

博士の言うところに【ロングセンス】で視覚を飛ばすと、数機のキュクロプスがなにか長い筒《つつ》のようなものを上空へと向けて構えている。……大砲《たいほう》か？

「だけどこっちを狙っていないってのは……」

と、疑問に思った瞬間、パンッ！　とその筒からなにかが打ち出された。僕らの上空まで高々と打ち出されたそのなにかは、まるで打ち上げ花火のように空中でパパンッ！　と爆発《ばくはつ》した。

爆発は大きくない。本当に打ち上げ花火のようだった。なんだ？　宣戦布告の狼煙《のろし》か？

「これは……？」

空で爆発したなにかは粉々になって、金色の粉となり、辺りに散布されている。宙に舞《ま》う金の粉を手に取るとまるで雪のように一瞬で溶《と》けてしまった。

なんだこれは？　いや待て、まさかこれは……！

『とーさま！　かーさまがきもちわるいって！』

『父上！　母上が急に頭痛がすると……！』

子供たちから奥さんたちの不調の知らせが次々と報告される。間違《まちが》いないこれは……！

『神魔毒《しんまどく》だね。ああ、大丈夫《だいじょうぶ》、命に関《かか》わるほどのものじゃないよ。名付けるなら【神魔毒（薄味《うすあじ》）】とでもいうやつだ』

スマホのスピーカーから諸刃姉さんの声が聞こえてきた。

神魔毒（薄味）!? なんだよ、その微妙《びみょう》なネーミングは!?

『神魔毒には違いないが、おそらく本当に僅《わず》かに残ったものをかなり薄《うす》めたやつだね。いろんな不純物が混じってるし、いろいろと改変されているが……正直言ってこれでは下級神はもとより従属神でも殺せはしないだろう。それでも多少は効果があるようだが』

『諸刃ちん、なんか気持ち悪いのだ……。けっこうこれ効果あるかも……』

諸刃姉さんの背後から酔花の小さい声が聞こえてくる。やっぱり神魔毒なのか!?

『いや、君のはただの飲み過ぎだろ……』

なんだよ、紛《まぎ》らわしい！

『本当に大丈夫だから。神族に効果を及《およ》ぼすほどのものじゃないけど、神の眷属《けんぞく》である君の奥さんたちには少し効果があるようだね。命には関わらないにしろ、なにかしらの不調を及ぼしているはずだ』

「子供たちは？　みんなは大丈夫なのか？」

『大丈夫なのよ。冬夜君の子供たちは半神《デミゴッド》なのよ？　本当の神魔毒ならいざ知らず、こんな薄味のものなんて毒にもならないのよ』

そうか。子供たちは僕という神族の血を引いている。本来の神魔毒ならユミナたちより効果があったのかもしれないが、この神魔毒（薄味）では効かないのか。

僕や子供たちには神族の因子がある。だけどそれがないユミナたちにはある程度の被害が起きているのか……。本当に大丈夫なのか？

『あー、大丈夫……だと思うわ。ちょっと気持ち悪いけど……』

『食べ過ぎたときの朝みたいな感じがする……』

『手入れの悪い馬車に数時間乗せられた気分ですわ……』

エルゼ、桜《さくら》、ルーのだるそうな声が聞こえてきた。やっぱり身体の不調があるらしい。弱くても神魔毒である以上【リカバリー】でも治せないんだろうな……。

寝込《ねこ》むレベルのものでもないようだけど……本当に薄味の毒って感じだな……。軽い頭痛や腹痛レベルか。

だけど集中して戦わなくてはいけない状況下では命取りになる可能性だってある。

邪神《じゃしん》の使徒はそれを狙っていたのか？

『いえ、お父様。本来の狙いは別にあったみたいです。この金粉、フレームギアを巡るエーテルリキッドの流れを阻害《そがい》する効果もあるようですわ。出力が約62％までしか上がりません。お母様たちの不調は向こうにしてみれば予想外の副産物なのかもしれませんわ』

出力が上がらない？　奴らの狙いはそっちだったのか？

以前、ヘカトンケイルとなった魔工王《まこうおう》がゴレムのQクリスタルを麻痺《まひ》させる煙《けむり》を撒《ま》いたことがあった。あれと似たようなものか？

邪神側には偽騎士《フェイクス》を作られた前例もあるし、目の前のキュクロプスのこともあるから、フレームギアの構造にある程度の知識はあると思ってはいたけど……。

「というか、向こうは平気なのか？　あいつらだって出力が落ちているんじゃ……」

『向こうだって馬鹿《ばか》じゃない。そこらへんの対策はしているだろ。そもそもゴレム技術だけで作られているキュクロプスにこの金粉の効果は薄いと思う。こっちもなにかしらの対策をしなければいけないな……。冬夜君、サンプルを確保してもらえるかい？』

「え？　ああ、わかった」

と、博士の声に答えたものの、この神魔毒（薄味）は何かに触《ふ》れるとそれに染《し》み込《こ》むようにして消えてしまう。

えーっと……どうやって確保すればいいんだ……？　空中に漂《ただよ》う神魔毒（薄味）を前に途方《とほう》に暮れる。

「あ、【プリズン】を使えばいいのか」

でも神魔毒は【プリズン】じゃ防げなかったよな。（薄味）だからいけるか？　これは地上に影響《えいきょう》を及ぼしているわけじゃないから神気を使ってもセーフだよね？

僕は神気を込めた【プリズン】で空中に十メートル四方の立方体を作り出し、それをぎゅっ、と縮小して一センチ四方のサイコロ程度の大きさに変化させた。中にはキラキラとした神魔毒（薄味）が漂っている。

できた。よし。ポケットにでも入れとこう。

『父上、母上がこのような状態では如何《いかん》ともし難《がた》く。私がシュヴェルトライテを駆る許可をいただきたいのですが』

『あ！　私も！　私もお母様の代わりにジークルーネを動かすんだよ！』

『おとーさん、私も！　ゲルヒルデなら前にも動かしたことあるから大丈夫！』

『ステフもー！　ステフもかーさまの代わりに戦う！』

スマホから聞こえてきた八雲の提案に答えるより速く、フレイとリンネ、それにステフの声が追従してきた。

ぬう……。保護者がいるんだし、少しくらいは戦わせてもいいかなとは思っていたけど、のっけからってのはなあ……。

でも、不調なユミナたちに無理させるのもな……。これが神魔毒と同じようなものなら、時間経過とともに回復していくと思うから、今だけなら大丈夫か？

「……あー、無理しない程度なら。お母さんたちの体調が戻《もど》ったならちゃんと交代すること。本当に無理はしないように」

『やったー！』

子供たちの歓声《かんせい》がスマホから伝わってくる。本当に大丈夫かなぁ……。ステフとリンネあたりが特に心配だ。

心配している僕を無視するかのように、目の前の邪神軍はどんどんと距離《きょり》を詰《つ》めてきている。相手はすでに射程距離《きょり》圏《けん》内に入ったな。

『では先手必勝、まずは開戦の狼煙《のろし》を上げるとしましょう！』

クーンとリーンの乗るグリムゲルデがみんなよりも前に出る。

グリムゲルデの肩部《けんぶ》・脚部装甲《きやくぶそうこう》のハッチが開き、多連装ミサイルポッドが露出《ろしゆつ》した。右腕《みぎうで》のアームガトリング砲《ほう》と左手全指の五連バルカン砲が前面のキュクロプスたちに向けられ、両足のアンカーが下りる。

『一斉射撃《フルバースト》！』

グリムゲルデからの全力射撃《しやげき》が前方にいたキュクロプスたちに乱射される。

晶弾《しようだん》の雨に晒《さら》されたキュクロプスだったが、なかなか倒れず歩みを止めない。

『なかなか頑丈《がんじょう》ね……！　これってグリムゲルデの出力が落ちているから？』

『晶弾を撃《う》ち出す【エクスプロージョン】の威力《いりょく》も落ちていますからそれもあるでしょうけど、単純に装甲が厚いんですわ！』

僕も思ったリーンの疑問にクーンが答える。

意外ともったキュクロプスだったが、止まらない弾雨《だんう》の嵐《あらし》についに何機かが前のめりに倒れた。

しかし先頭をいく角付きの巨大《きょだい》キュクロプスは、グリムゲルデの弾丸《だんがん》を受けてあちこちが被弾《ひだん》しながらも歩みを止めることはなかった。

やがてグリムゲルデは大量のエーテルを含《ふく》んだ白煙《はくえん》を吹《ふ》き出してその動きを止める。『一斉射撃《フルバースト》』の活動限界だ。しばらくグリムゲルデは機体を冷却《れいきゃく》するクールタイムを必要とする。

『後は任せましたわ、ステフ』

『まかせて、クーンねーさま！』

クーンの声にステフの駆《か》るオルトリンデ・オーバーロードが右腕を振りかぶりながら前に出る。

『いくよーっ！　キャノンナックルスパイラルッ！』

振り抜《ぬ》いたオルトリンデ・オーバーロードの右肘《みぎひじ》から右腕が切り離《はな》され、高速回転しながらメタリックブラウンの角付きキュクロプスに向かっていく。

角付きはグリムゲルデの晶弾と同じくそれを真正面から胸で受け止めた。

分厚い胸の装甲にぶち当たったオーバーロードの右腕が回転しながらそこに亀裂《きれつ》を作る。

しかし砕《くだ》くまではいかず、オーバーロードの右腕はこちらへと弾《はじ》き飛ばされた。そのまま飛ばされた右腕がオーバーロードの右肘に帰還《きかん》して再びドッキングを果たす。

『こわれなかった！　かーさま、あれかたいよ！』

『むう……さっきの変な金粉のせいかのう……』

スゥの声に元気がない。オーバーロードから下ろしてやりたいが、ステフになにかあったとき、代われる者がいてほしいから少しだけ我慢《がまん》してもらおう。時間が経《た》てば体調も良くなっていくはずだ。

しかし意外と出力ダウンというのは厄介《やっかい》だな。人間で言えば、高山病のような状態なのだろうか。

次からの対策は博士たちに任せるとして……僕らは目の前の敵を殲滅《せんめつ》させることに集中しなければ。

ズシン、ズシンと地響《じひび》きを立ててやってきた、メタリックブラウンに輝く角付きの一つ目キュクロプスが、振り上げた大きな肉切り包丁をオルトリンデ・オーバーロードへと振り下ろす。

『スターダストシェル！』

オーバーロードが翳《かざ》した左手に星の形をした小さな光が集まり、瞬《またた》く間《ま》にそれが並んで正面に大きな光の壁《かべ》を作った。

ガキィンッ！　と肉切り包丁は光の盾《たて》に阻《はば》まれる。

『じ、じゃま。おまえ、こわす』

光の盾に阻まれてなお、角付きは肉切り包丁を何度も振り下ろし続ける。

メタリックブラウンの機体から聞こえてきた男の声はたどたどしく、知性をあまり感じられないように思えた。少なくとも僕が会ったことのある『邪神の使徒』ではないと思う。

それを証明するかのように、角付きはただ肉切り包丁を叩き続けるだけだった。

何度やっても無駄《むだ》なのに……と僕が思っていると、オーバーロードの左手の作る星の盾スターダストシェルが、少しずつ欠け始めた。

「なっ……！」

これはあの肉切り包丁の能力か？　それとも神魔毒（薄味）とやらでオーバーロードの出力が出てないからか？

『ステフ！　これ以上はまずいのじゃ！　突《つ》き飛ばせ！』

『わかった！　キャノンナックルスパイラルッ！』

向こうが肉切り包丁を振り上げたタイミングで、オーバーロードが回転する右腕を胸部に、ドカン！　と食《く》らわせた。

不意打ちプラス至近距離《しきんきより》で食らった角付きはさすがこらえられなかったのか、二、三歩後退する。

そこにオーバーロードの胸部からさらに衝撃波《しょうげきは》が放たれて、角付きはさらに後方へと吹っ飛ばされた。

追い討《う》ちをかけようとしたオーバーロードだったが、その前に三機のキュクロプスが立ち塞《ふさ》がる。

『んもう、じゃましないでー！』

ステフがそんな声を上げて、キュクロプスの一機を殴《なぐ》りつけようとするが、あっさりと躱《かわ》されてしまう。

オーバーロードの動きは大きく、速くはない。躱すことに集中すれば、避《さ》けることは難しくないのだろう。

そもそもオルトリンデ・オーバーロードは防衛戦に特化した機体だ。守ることには他《ほか》の機体よりも優《すぐ》れているが、直接的な攻撃手段はそう多くない。

対上級種戦用の『ゴルドハンマー』という外武装もあるが、基本的には殴るのが主な攻撃手段である。

そもそもゴルドハンマーはドデカい上級種を相手とするためのもので、キュクロプスサイズの相手だと使いづらいのだ。

的を外したり、近過ぎて重力波に自分が巻き込まれる可能性もある。オーバーロード本体への負担もでかいしな。

『キャノンナックルスパイラルッ！』

オーバーロードの右腕が撃ち出される。さすがにこれは避けられなかったキュクロプスの一機が、まともに正面から食らってバラバラになった。

しかしすぐさま他のキュクロプスがやられた機体の代わりに入り、オーバーロード包囲《ほうい》網《もう》を形成する。

吹っ飛ばされた角付きの方はといえば、肉切り包丁を杖《つえ》のようにして立ち上がるところだった。

こいつら……何気に連携《れんけい》しているのか？　博士が言うにはキュクロプスは軍機兵《ソルダート》と同じように数機だけだが互《たが》いに情報をやり取りしているらしい。

このキュクロプスはあの角付きを守るためにオーバーロードの前に立ち塞がったようだ。

向こうが連携してくるとなると厄介だな……。

立ち上がった角付きが再びこちらへと歩き出した瞬間《しゅんかん》、不意に動きが止まった。

それは『動きを止めた』というよりも、『動きを止められた』という方が相応《ふさわ》しい不自然な止まり方だった。

「これって――――」

後方を振りかえろうとすると、それよりも速く僕の周囲をなにかが駆け抜けていく。

次の瞬間、目の前にいた角付きとその周囲にいたキュクロプスらが、見えない壁に押し戻されるかのようにまとめて沖《おき》の方へと吹き飛ばされていった。

あらためて後方を見ると、両肩《りょうかた》に拡声兵器《シンフオニツクホーン》を構えたロスヴァイセと、スナイパーライフルを構えたブリュンヒルデの姿があった。

「動きを止めたのは久遠《くおん》か？」

『はい。ヨシノ姉様がしっかりと狙いをつけたいと言うので』

やっぱり久遠の【固定の魔眼】だったか。というか、あんな巨大ロボも固定できるのか？

固定してスナイプできたらうちの子無敵じゃなかろうか。

まあ、魔眼の力を連続で使うのはしんどいから、無敵は言い過ぎか。

角付きの周りにいたキュクロプスは吹っ飛ばされたが、その他のキュクロプスがわらわらと再びオーバーロードへと向かってくる。

しかし襲《おそ》ってきたキュクロプスの一機が先ほどの角付きと同じように一時停止したかと思ったら、次の瞬間には銃声《じゅうせい》と共に頭部を撃ち抜かれていた。

久遠の狙撃《そげき》か。ヘッドショットとはにくい真似《まね》を。

ユミナと同じくらいブリュンヒルデを巧《たく》みに使いこなしているな。

フレームギアなら頭部はあくまでカメラやセンサーなどが集中しているパーツの一部でしかないから、機能を停止することはない。だが、キュクロプスはゴレムと同じくQクリスタルが頭部にあるようだ。

ゴレムの頭脳ともいえるQクリスタルをやられてはキュクロプスも機能を停止せざるを得ない。

ここらへん、作り手が固定観念を捨てきれてないって博士は叩いてたな。

確かに普通のゴレムと同じように頭にQクリスタルを配置する必要はないよな。どうせなら攻撃を受けにくい背中とか、なんなら動力源となるGキューブと同じ場所にすればいいのに。どっちかが壊《こわ》れたらどうせ動かなくなるんだから。

まあ戦闘《せんとう》後、回収することを前提に考えたら、どっちかは残るようにした方がいいのかもしれないけれども。

『久遠にばっかりいいカッコはさせないんだよ！』

そう言ってフレイの駆るジークルーネがキュクロプスの一機を上下真っ二つに斬り裂《さ》いていた。

本来のフレイの戦闘スタイルは、相手と状況《じょうきょう》に合わせて【ストレージ】から適した武器を取り出し、臨機応変に戦うという、どちらかと言えばトリッキーな戦い方だ。

そのせいか、動きが幾分《いくぶん》鈍《にぶ》いようにも感じられる。いや、あくまでもヒルダの戦い方と比べて、ということだが。

それでも他のフレームギアよりもうまくキュクロプスを倒《たお》している。

それに並んで八雲の操《あやつ》るシュヴェルトライテも次々とキュクロプスを斬り伏《ふ》せていた。

こちらは母親である八重と戦闘スタイルがほぼ一緒なので、それほど問題なく動けているようだ。

『えいやーっ！』

『どんどんかかってこーい！』

他のみんなより突貫《とっかん》して暴れているのはリンネの乗るゲルヒルデとエンデの乗る……あれ？　竜騎士《ドラグーン》を動かしているのはエンデじゃなくアリスか？

いつの間に乗せてたんだ？　竜騎士は複座式にしてないはずだけど……。いや、子供一人くらいなら乗せられるスペースはあるが。

どういうことだとエンデの竜騎士へ通信を繋ぐ。

「おい、エンデ？　どうした？」

『いや、急に気持ち悪くなってさ……。そしたらアリスが代わりに動かすって乗っ取られ、て……うぷ』

あー……。そっか、エンデも武流叔父《おじ》の眷属だから、この神魔毒（薄味）の効果に引っかかっているのか。

乗っ取られたってことはコックピットシートにはアリスが座《すわ》っているのか。てことは、エンデは気持ち悪い上に狭《せま》い後部スペースに押しやられている、と。

ううむ、不憫な……。ま、耐《た》えてもらおう。

アリスの戦闘スタイルも竜騎士には向いていないはずなんだが、器用に戦っているな。エンデの戦い方と比べると荒々《あらあら》しくていささかスマートさに欠けるが。

『アリス、そっち行ったー！』

『まかせて！』

リンネのゲルヒルデが討ち漏《も》らしたキュクロプスを竜騎士《ドラグーン》の双剣《そうけん》が十文字に斬り裂く。

二機は背中合わせになり、群がるキュクロプスを次々と倒していった。

エンデとエルゼがアドバイスをしているのか、連携されたいい動きだ。お互いにサポートしながら目の前の敵を打ち倒している。なかなかやるな。

と、思っていたら、ゲルヒルデが倒し損《そこ》ねたキュクロプスが、ボロボロになりながらも死角から竜騎士《ドラグーン》に剣《けん》を振り下ろそうとしていた。

だが次の瞬間、そのキュクロプスは全身に晶弾の雨を受けて、蜂《はち》の巣になりながらその場に水飛沫《みずしぶき》をあげて沈《しず》んでしまう。

『リンネ、油断は禁物だよ』

『エルナおねーちゃん！』

ゲルヒルデが相手をしているキュクロプスの横を、低空飛行で飛んできた飛行形態のヘルムヴィーゲが翔け抜ける。

翼《つばさ》に仕込《しこ》まれたブレードがゲルヒルデの正面にいたキュクロプスを真っ二つにすると、そのまま上昇《じょうしょう》していった。

お互い母親の機体を交換《こうかん》しているのに、どっちもうまく操っている。

空からの援護《えんご》射撃《しゃげき》は助かるな。エルナはそういったサポート役が向いているのかもしれない。

サポート役といえば……。

『いっくよーっ！』

ヨシノが操るロスヴァイセから大音量のギターサウンドが流れてきた。

この曲は戦闘機《せんとうき》パイロットたちの群像劇を描《えが》いた有名な映画の主題歌だ。日本語にすると『危険領域』となるその曲のチョイスに、なんとも言えない気持ちになる。

これ、ヨシノが生でギターを弾《ひ》いているのか？　うねるようなギターの響《ひび》きに、僕がそんなことを考えていると、それに乗せて桜の歌声が聞こえてきた。

いつもと比べると、か細い声だな……。いや、この曲はもともと歌い出しは弱々しい感じなんだけれども。

やはり神魔毒（薄味）の影響があるのだろう。その後も桜の声はいつもの調子を取り戻すことはなかった。

しかし、確実に歌の効果は出ている。目に見えて、キュクロプスたちの行動が鈍《にぶ》くなった。行動遅延《ちえん》の付与《ふよ》がされているのだ。

その動きが鈍くなったキュクロプスの頭に、久遠の操るブリュンヒルデの放った晶弾が次々と命中する。

まるで機械のように正確にキュクロプスの頭を撃ち抜いていく。

うちの息子《むすこ》さん、超A級《ちようえーきゆう》スナイパーかなんかか……？　背後に立ったら殴られるんじゃなかろうか。

『遅《おそ》いですわ！』

ヘッドショットを繰《く》り返す久遠に続くように、B《ブースター》ユニットを換装《かんそう》したアーシアのヴァルトラウテがキュクロプスへと突っ込んでいく。

加速された素早《すばや》い動きで、ヴァルトラウテが両手に持った剣を振《ふ》り抜くと、キュクロプスの首が二つ続けて宙に舞う。

出力が落ちている状態でよくあんな芸当ができるな……。

剣を持ったヴァルトラウテが僕の方へ向けて大きく手を振る。

『見て下さいましたか、お父様！　私《わたくし》にかかればこんな雑魚《ざこ》、三枚に下ろしてやりますわ！』

『ちょっ、アーシア！　前を見なさい！　戦場で浮《う》かれてるんじゃありませんわ！』

『はわわっ!?』

「っと、【スリップ】！」

槍を持って突進《とつしん》してきたキュクロプスを【スリップ】で転ばせる。勢いよく転び、海の中へと倒れたキュクロプスにヴァルトラウテが双剣を突き立てた。あっぶな……！

アーシアはどこか詰めが甘《あま》いからちょっと不安になるな……。ルーがついているから大丈夫だとは思うけど……。

戦況《せんきょう》はこちらが有利に進んでいるな。フレームギアの足元を抜けた四つ腕ゴレムや半魚人らもイグレットの騎士団《きしだん》が確実に仕留めている。

時間をかければ全《すべ》てを討伐《とうばつ》することは可能だろうと思う。

問題は……。

沖の方でヨシノのロスヴァイセに吹き飛ばされた角付きのキュクロプスが立ち上がったのが見えた。

さっきの攻撃はあくまで押し戻しただけで、ダメージはほぼなかったのだろう。

『お、おまえたち、じゃま！　ぜんぶこわす！』

角付きのキュクロプスがメタリックブラウンに輝く肉切り包丁を両手で振りかぶり、そのまま勢いよく海へと振り下ろした。

「なっ⁉」

角付きが振り下ろした肉切り包丁の先から一直線に海が割れ、海底から岩がまるで剣山《けんざん》のように次々と突き出てきた。

岩の隆起《りゅうき》は波のようにものすごい勢いでまっすぐにスゥとステフの乗るオルトリンデ・

オーバーロードへと向かう。

『防ぐのじゃ、ステフ！』

『うんっ！　スターダストシェルっ！』

星の防御壁《ぼうぎょへき》が海底隆起の岩の突進を防ぐ。なんとか岩の増殖《ぞうしょく》は止まったようだが、海の中に岩剣山の道のようなものが出来上がってしまっていた。

『土魔法《まほう》の【アースウェーブ】みたいな技ね……。みんな気をつけて。あの大剣は地形操作の能力を持っているのかもしれないわ』

ようやく冷却時間《クールタイム》を終えたグリムゲルデからリーンの声が届く。

地形操作だって？　また面倒《めんどう》な……。それって防ぐのが難しいやつだろ。空でも飛んでいないと……。

「あ」

と、僕は上空を飛ぶヘルムヴィーゲを見上げた。

ヘルムヴィーゲは地上にいる角付きのキュクロプスに、空から一方的な集中砲火《ほうか》を浴びせる。

晶弾の雨を避けることができない角付きは、手にした肉切り包丁を寝《ね》かせ、盾のようにしてヘルムヴィーゲの攻撃を凌《しの》いでいた。

ボディに食らった晶弾は食い込んでいるのに、肉切り包丁に当たった晶弾は弾かれている。少なくともあの肉切り包丁は晶材《しょうざい》と同じだけの強度を持っているということだ。

間違いなくアレは邪神の神器……邪神器だと思う。僕が出会ったペストマスクの邪神の使徒が持っていたレイピアや、オーキッドとやらが持っていた槍と同じものだろう。

『と、とんでるのうるさい！　おとす！』

角付きがその肉切り包丁を海面に突き刺《さ》すと、周りの地面が瞬く間に隆起し、角付きを天辺《てっぺん》に乗せた数十メートルの岩の塔《とう》がそびえ立った。

空を飛んでいたヘルムヴィーゲの目の前にのぼりつめた角付きは、飛び上がってその肉切り包丁をヘルムヴィーゲ目掛《めが》けて振り下ろす。

マズい！　僕が咄嗟《とっさ》にヘルムヴィーゲへ向けて【プリズン】を放とうとしたその時、一発の銃声が海岸に響き渡《わた》った。

肉切り包丁の邪神器が角付きの手から弾かれてクルクルと宙を舞う。

砂浜《すなはま》にはスナイパーライフルを構えたままのブリュンヒルデの姿が。久遠か！　助かった！

弾かれた肉切り包丁とともに、海へと落下していく角付きキュクロプス。

『おかーさん、エルナおねーちゃん、大丈夫!?』

心配そうなリンネの声がゲルヒルデから聞こえてくる。今のは危なかったからな。心配するのも無理はない。

『びっくりしたけど大丈夫。問題ないよ』

『大丈夫よ、リンネ。心配してくれてありがとう』

なんでもないということを示すように、ヘルムヴィーゲが空中でくるりと一回転をしてみせる。どうやら本当に問題なさそうだ。

しかし焦《あせ》ったな……。まさかあんな方法で飛び上がるとは……。空だから安全とヘルムヴィーゲも迂闊《うかつ》に近付かない方がいいな。

上空から海に落っこちた角付きが立ち上がる。手を真横にのばすと、しばらく間があってから同じく海に落ちた肉切り包丁が海底から飛んできてガシンとその手に収まった。

『ほとんどダメージがないみたいね』

立ち上がった角付きを見てのリーンの声が僕の耳に届く。あの高さから落ちて無傷か……。下は海だったし、地面に直接落ちるよりダメージは少なかったんだろうけど……。

角付きが肉切り包丁を握《にぎ》り締《し》めながら再びこちらへと向かってくる。

『キャノンナックルスパイラルっ！』

ステフがオーバーロードの右腕を飛ばす。弾丸のように回転して飛んでくるオーバーロードの右腕に、角付きのキュクロプスは止まることなく突っ込んでいった。

『それ、さっきみた！』

角付きが肉切り包丁を寝かせ、腹の広い部分を使い、まるでハエ叩きのようにオーバーロードの右腕を海面へと叩きつけた。

地面へと潜《もぐ》り込んでしまった右腕を無視して、角付きがオーバーロードへと向かう。

角付きが肉切り包丁を大きく振りかぶった。それに合わせてオーバーロードが左手を目の前に翳す。

『スターダストシェルっ！』

星の盾が角付きの攻撃を防ぐ。

先ほどと同じように角付きは何度も何度も肉切り包丁を振り下ろし、スターダストシェルを無理矢理《むりやり》破壊《はかい》しようとしていた。

力任せの強引《ごういん》な戦法だな。やはりこの邪神の使徒は脳筋らしい。

『このーっ！　ステフをいじめるなーっ！』

『むがっ⁉』

スターダストシェルが欠けてきたあたりで横からゲルヒルデの跳《と》び蹴《げ》りが角付きの頭にクリーンヒットする。

【グラビティ】で加重していたのか、あの重そうな角付きのキュクロプスが勢いよく海へと横倒《よこだお》しになった。

倒れた角付きがすぐに立ち上がろうとすると、そこへ追い討ちをかけるようにゲルヒルデの後ろ回し蹴りが炸裂《さくれつ》する。

サイズは二倍近くも違《ちが》う二機だが、座り込んでいた角付きの頭をゲルヒルデの踵《かかと》がちょうどいい感じで打ち抜いた。

再びキュクロプスが海に倒れ込む。角は折れ、頭部は歪《ゆが》んではいたが、まだ壊れてはいない。

ひしゃげた頭のまま、ゆらりと角付きだったキュクロプスが立ち上がる。

『まだ……！　このっ！』

『リンネ、ダメっ！』

エルゼの止める声より早く、リンネが操るゲルヒルデがパイルバンカーを放とうとキュクロプスの腹部目掛けて飛び上がり、右腕を突き出した。

しかしながらそれはガシッとキュクロプスの大きな左手で横から掴《つか》まれてしまう。

『お、おまえ、し、しつこい！』

キュクロプスが右腕を掴んだままゲルヒルデを持ち上げ、海に叩《たた》きつけようと大きく振りかぶる。

危ないっ！

「【風よ包め、柔《やわ》らかき抱擁《ほうよう》、エアスフィア】！」

投げ捨てられたゲルヒルデが、海に叩きつけられるその寸前に、僕の放った見えざる風のクッションが赤い機体を優《やさ》しく受け止めて衝撃《しょうげき》を和《やわ》らげた。

叩きつけられるダメージをほぼ吸収して、勢いを失ったゲルヒルデがバシャンと海に落ちる。

あっぶなかった……！　さすがにあの勢いで叩きつけられていたら、ゲルヒルデも無事ではすまなかっただろう。

まあその前に緊急避難《きんきゅうひなん》装置が発動して、リンネとエルゼは外に転移されたと思うけど、やっぱり心臓に悪い。

ゲルヒルデを投げつけた角付きが、肉切り包丁を持って追い討ちをかけようとしたが、その前に二つの影《かげ》が立ち塞がった。

『うちの妹になにをするつもりだ』

『万死《ばんし》に値するんだよ』

八雲の操るシュヴェルトライテの刀と、フレイの操るジークルーネの剣が一閃《いっせん》し、角付きの両手首から先を切り落とした。

関節の部分は装甲《そうこう》が弱い。とはいえ、あのわずかな隙間《すきま》を狙《ねら》うとは。

手に持った肉切り包丁ごと、角付きの手首が海に落ちる。

それでも奴《やつ》は手首から先が無くなった腕《うで》で目の前の敵に殴りかかろうとした。

シュヴェルトライテとジークルーネが散開するように横に逃《に》げる。

二機の立っていたその先に、全装甲を展開し、全ての銃口《じゅうこう》を角付きへと向けたグリムゲルデが仁王《におう》立ちしていた。

『う、が』

『一点集中、一斉射撃《フルバースト》』

グリムゲルデの放った晶弾の雨が、キュクロプスの頭部に次々と当たり、その形を蜂の巣にしていく。

おそらくQクリスタルをも破壊《はかい》したのだろう、メタリックブラウンのキュクロプスはその動きを止めて、ゆっくりと後ろへと倒れ、海へと沈んだ。

『妹たちをいじめたお返しですわ』

年長組三人娘《むすめ》の怒《いか》りの攻撃《こうげき》により、勝敗は決したようだ。

家族仲良くて出番のないお父さんは嬉《うれ》しいよ。

「むっ」

年長組三人によって倒されたメタリックブラウンのキュクロプス。その胴体《どうたい》にあったハッチが突然《とつぜん》吹っ飛んだ。

中からのそりと大きな男が這《は》い出してくる。はちきれんばかりの筋肉をした、円筒形《フルフェイス》の鉄仮面を被《かぶ》った大男。

ところどころに血が染み込んだ前掛《まえか》けと分厚い革《かわ》の手袋《てぶくろ》という奇妙《きみよう》な姿と、あの肉切り包丁から肉屋の親父《おやじ》を連想させる。鉄仮面から死刑執行人《エクスキユーシヨナー》にも。

「こ、こい！『イエローオーカー』！」

鉄仮面が右手を横にのばすと、海底へと沈んだ大きな肉切り包丁が浮かび上がり、鉄仮面の男へ飛んでくる。

飛びながら縮小した肉切り包丁は鉄仮面の男の手に収まったが、それでも普通《ふつう》サイズの包丁ではなく、まるで大剣のようなサイズであった。

紫《むらさき》の槍《やり》を持った邪神の使徒と同じか。やっぱりあれが邪神器なのだろう。

「お、おで、このくにのまち、こわす。いっぱいこわす」

「なぜそんなことをする？　邪神を復活でもさせる気か？」

僕《ぼく》は【テレポート】を使い、倒れたキュクロプスの肩部に立ちながら、鉄仮面の男にそう問いかける。

今は情報が欲《ほ》しい。この男は頭がよく回るタイプじゃなさそうだし、なにか聞き出せるかもしれないと思って会話を試みた。

「じ、じゃしん？　しらない。ごるどとすかーれっとがこわせっていうからこわす。そ、それだけ」

ごるどとすかーれっと？　ゴルドトスカーレット……いや、ゴルドとスカーレット、か？

ゴルドとスカーレット……仲間の邪神の使徒だろうか。

ゴルド……『金』の王冠《おうかん》であるゴールドと名前が似ているな……まさか……いや、考えすぎか。

しかし邪神を知らないってのは……一応『邪神の使徒』なんだろ？　あのニート神、信者にも慕《した》われてないのかよ。

「じ、じゃまするやつもこわす。にんげんこわすとあたまがすっきりする。きぶんがいい。だからこわす」

顔が見えたならニヤリとしただろう口調で、鉄仮面がそんなことを口にする。

どうやらこいつは言われたことだけを遂行《すいこう》する思考停止の人物らしい。いや、自分の欲望に忠実なだけなのか。快楽殺人者と変わらないな。

僕は『神眼』を使い、邪神《じゃしん》の使徒に【アナライズ】をかける。

神族には神の力を直接使って地上に大きな変化を与《あた》えてはいけない、というルールがあるが、相手を分析《ぶんせき》するだけならばルール違反《いはん》ではあるまい。

……はん。心臓は動いていないし、魂《たましい》もない。アンデッドの類《たぐい》か？

いや、魂は手に持った邪神器に移っているな……。霊気《れいき》の糸のようなもので肉体と繋《つな》がっている。てことは、あの邪神器を壊さない限り死なない？

すでに人間を辞《や》めているようだし、ここで仕留めておいた方がいいと思うが、邪神の加護を受けている邪神器を神気なしで壊せるかっていうと……。やっぱり神気で攻撃しちゃいけないってルール、厳しくないですかね……？

「だ、だからおまえもこわす！」

肉切り包丁を手にした鉄仮面がキュクロプスの肩のところにいた僕めがけて跳《と》んできた。

腰《こし》のブリュンヒルドを抜き、跳びかかってくる鉄仮面へ向けて弾丸を三発放つが、命中してもまったく怯《ひる》むことなく、こちらへと向けて肉切り包丁を振り下ろしてきた。

「【ブレードモード】！」

刀剣《とうけん》形態に変えたブリュンヒルドで肉切り包丁を受け止める。なかなかの衝撃が両腕《りょううで》にくるが、相手が空中に浮かんだままならこらえられないこともない。

「【パワーライズ】！」

「ぐ、う⁉」

膂力《りょりょく》強化の魔法を発動させ、そのままブリュンヒルドを振り抜くと、鉄仮面が肉切り包丁ごとふっ飛んでいった。

キュクロプスの腹のあたりまで飛んでいった鉄仮面だったが、巨体《きょたい》に似合わず軽《かろ》やかに着地した。

「お、おでの『イエローオーカー』で切れない……？　そ、そのけん、おかしい」

「それはこっちのセリフだ」

晶材でできたブリュンヒルドで切れない武器なんて初めてだ。神気を込《こ》めりゃ一刀両断にできると思うが、それは禁じられているしな……。

さて、こうなると本当にどうやって倒すかって話になるが……。

おそらくあいつを完全に倒すには邪神器を破壊しなきゃならない。それには神気を使わなきゃいけないわけだけど、それは禁じられている。

僕が作った神器を地上の人間が使えば壊せるけど、まだできてない、と。

……えーっと、詰《つ》んだ？

いやいや、待てよ。そうか！　エンデが他の世界から、ぬす……えーっと借りてきた双《そう》神剣《しんけん》が【ストレージ】に入ってる！　これを使えば……って、僕が使ったらダメなのか！

奥《おく》さんたちも僕の眷属《けんぞく》だからダメだし、エンデも武流叔父の眷属になってるならダメ。メルたちに頼《たの》んでもいいけど、邪神器が相手だと神剣《しんけん》の特性を最大限に引き出せない彼女《かのじょ》たちだとちょっと不安だ。

残るとなると……。

「うぬぬ……！　やっぱり子供たちに頼むしかないのか……？」

半神である子供たちはこれ以上ないくらいに適任なのだが……。むむむ……！

僕が葛藤《かっとう》している間に再び鉄仮面がこっちへと向かってきた。

キュクロプスの肩《かた》の上で、振り下ろされる肉切り包丁を先ほどと同じようにブリュンヒルドで受け止める。

ち、今度は腰の入った重い一撃《いちげき》だな……！

「【ブースト】！」

身体強化魔法をかけて肉切り包丁を弾き、返す刀で包丁を持っていない方の腕を肘《ひじ》から斬《き》り飛ばす。

「ぐっ⁉　があっ！」

鉄仮面が叫《さけ》ぶと、斬られた肘先から、ズルッ！　と腕が生えてきてあっという間に再生した。

再生能力もあるのか！　しかも速い！　これはこいつの能力なのか、それとも邪神の使徒は全てそうなのか？

かなり面倒になってきたな、と思っていると、向こうからシュヴェルトライテとジークルーネがやってきた。

もうすでにほとんどのキュクロプスが倒され、防衛戦はほぼ終了《しゅうりょう》しているようなものだが、なんでこっちに？

「父上！」

「お父様！」

シュヴェルトライテとジークルーネのコックピットが開いたかと思ったら、八雲とフレイが飛び出してきた。

僕と鉄仮面が対峙《たいじ》する横たわったキュクロプスの上に軽やかに着地する。

「なんだ、どうした!?　危ないぞ！」

「諸刃おば……お姉様から電話で父上を手伝えと」

「私たちが適任だからって言ってたんだよ！」

諸刃姉さんめ……！　こっちの考えを読むなっての！

悔《くや》しいが、ここは子供たちに頼《たよ》るしかないのか……。情けない親父だなあ。

僕は【ストレージ】から双神剣を取り出し、八雲とフレイの二人に手渡《てわた》した。

神気を放つ小剣《ショートソード》を抜《ぬ》き放ち、八雲とフレイが息を飲む。

「な、なんかすごい剣なんだよ……」

「ああ……。父上からもらった刀も凄《すご》かったが、これに比べると……」

いや、そりゃ一応神剣ですからね……。僕の作った素材頼りの素人作《しろうとさく》と比べてもらっちゃ困る。

「こいつであの鉄仮面の持っている肉切り包丁を破壊して欲しい。最初は使いづらいかもしれないが、たぶんすぐに慣れる……と思う」

「思う、ですか」

「お父様、お父様！　うまくできたらこの剣ご褒美《ほうび》にくれたり……」

「それはダメ」

「お父様のけちぃ――っ！」

フレイが、もうもうっ！　って感じで身をよじる。武器マニアの血が騒《さわ》ぐのだろうが、こればっかりはダメだ。

「相手はかなり強い再生能力を持ってるから注意しろ。もちろん僕もサポートするから

「……」

「いえ、大丈夫《だいじょうぶ》です。こちらに来ながら父上との戦いを見ていましたが、フレイと二人がかりならそれほど苦ではないかと」

それほど苦ではない……？　あれ？　遠回しに僕までディスられてる？　神気を使えないから少し手こずってはいたけどさあ……。

「お、おまえたち、じゃま。そこのおとこといっしょにこわす」

「……あぁ？」

この鉄仮面野郎《やろう》、うちの娘にいまなんて言った？　本気でぶっ飛ばしてやろうか……？

殺気を込めた一歩を踏《ふ》み出した僕の前にフレイが割《わ》り込む。

「ストップなんだよ。お父様。あれは私たちの相手なんだよ」

「父上が出るまでもないです。私たちにお任せを」

いや、八雲君。出るまでもないっていうか、さっきまで出ずっぱりだったのだけれども。

そんな僕の心の機微《きび》を知ってか知らずか、二人が神剣を構えて前に出る。

「こ、こわす！」

鉄仮面が肉切り包丁を振りかぶり、手前にいた八雲に襲いかかる。

重いその一撃をサイドステップで躱した八雲が手にした神剣で鉄仮面の横腹を斬り裂く。

「むっ……!?」

斬り裂いた八雲が神剣を怪訝《けげん》そうな目で睨《にら》む。

「確かにこれは扱《あつか》いづらい……。まるで私の魔力《まりょく》と反発するような感覚がなんとも気持ち悪いです……」

あー……そんな感じなのか。他人の神気って馴染《なじ》むまでちょっと難しいからな……。僕や時江《ときえ》おばあちゃんみたいに上級神の神格だとそこまで気にならないんだけど。だけど半神である八雲たちだからその程度ですんでいるんだと思う。神気を込めた攻撃は他の一般人《いっぱんじん》なら体力や魔力、精神力まで負担がかかり、ほとんど扱えないはずだ。

聖剣《せいけん》・神剣の類が選ばれし勇者にしか使えないって理由もここにあるんじゃないだろうか。

さらに言うなら神剣を作った神様の加護があるかないかとかでも大きく左右される気もする。

斬り裂かれた鉄仮面の横腹が再生されていく。さっきよりも再生が遅い気がする。神剣の効果が出ているのだろうか。

「があっ!」

「【パワーライズ】!」

今度はフレイに振り下ろされた肉切り包丁が、神剣で受け止められる。

自分の半分もない背丈《せたけ》のフレイに受け止められたことに鉄仮面が驚《おどろ》いているように思える。

「つ、つぶす！」

フレイごと押《お》し潰《つぶ》すようにさらに力を加えてきた鉄仮面だったが、ギギギと押し合う肉切り包丁の刃がパキリと小さく欠けたことで、慌《あわ》ててその身を引いた。

「い、『イエローオーカー』がかけた⁉　おかしい！　そのけんおかしい⁉」

よその世界のものだとはいえ、神剣は神剣。神になり損ねた邪神なんかの武器に負けるかっての。

フレイが返す刀で『イエローオーカー』と呼ばれた肉切り包丁に一撃を加える。

今度はピシリと欠けたところからメタリックブラウンの刀身にヒビが入った。

「お、おでの『イエローオーカー』が！」

「八雲姉様！」

「承知」

背後に回っていた八雲の神剣による一太刀《ひとたち》が、鉄仮面の太い左腕《ひだりうで》を切断する。

おそらく再生させようとしたのだろう、切断面からボコッと肉が盛り上がり、腕のようなものが出来上がっていくが、明らかにさっき僕が斬り捨てたときよりも再生スピードが遅い。

「も、もとにもどらない⁉　なんで⁉」

完全にパニックになっている鉄仮面は、肉切り包丁に狙いを定めて迫《せま》る二人に気が付くのが遅《おく》れた。

ハッ、としたようだが、すでに二人は肉切り包丁を挟《はさ》み込むように神剣を繰り出している。

「もう遅い」

「もらったんだよ」

二人はまるで鋏《はさみ》のように肉切り包丁を左右から別方向に全力で斬りつけた。

ガキャッ！　と高い金属音が鳴り響き、肉切り包丁が真っ二つに切断される。

次の瞬間《しゅんかん》、鉄仮面の男が断末魔《だんまつま》の叫びをあげ、一瞬《いっしゅん》にしてその身体が石の彫像《ちょうぞう》と化した。

そしてそれはすぐにサラサラとした砂となって、その場に崩《くず》れていく。

ガラン、と音を立てて、主《あるじ》を失った邪神器が横たわるキュクロプスのボディの上に落ちる。

真っ二つに切り裂かれた肉切り包丁にはメタリックブラウンの輝《かがや》きはすでになく、まるで変異種を倒した時のように黒い煙《けむり》を出しながらドロドロの液体と化していった。

「砂になっちゃったんだよ……」

「もともと生きてなかったみたいだからな。アンデッド……いやゴーレムみたいなものだったのかもしれない」

邪神の操り人形《にんぎょう》。そんなイメージが頭に浮かぶ。

邪神器の方は変異種と同じような壊れ方《かた》か。やっぱりこいつが力の源だったわけだ。

しかし妙《みょう》だな。てっきり仲間が危なくなったら、またあの転移魔法を使う潜水《せんすい》ヘルメットのやつが現れるのかと思ったのだが。

まあ、あの時はたまたまだったのかもしれないし、あいつらにそこまでの仲間意識があるかどうかわからない。やられても代わりの邪神の使徒を生み出せる可能性もある。できればそれは勘弁《かんべん》してもらいたいが……。

まあ今は撃退《げきたい》できたことを喜ぼう。

すでに戦闘《せんとう》はほとんど終了している。キュクロプスは全て撃破《げきは》し、残りは海岸でイグレットの騎士団と戦っている半魚人や四つ腕ゴレムだけだ。

「やっぱりこの剣、いいんだよ……。ねぇ、お父様ぁ……」

「甘えた声を出してもダメったらダメ。さ、返しなさい」

「お父様のいけず！」

ゴネるフレイから神剣を取り上げる。八雲は素直《すなお》に返してくれた。

まあ、邪神の使徒が現れたらまた使ってもらうことになりそうなんだが、それは黙《だま》っておく。

神剣を【ストレージ】にしまってひと息ついていると懐《ふところ》のスマホに着信がきた。

イーシェンの帝《みかど》である白姫《しらひめ》さんからだ。なんだろう？

「はい、もしもし？」

『すまん、冬夜殿《どの》。緊急要請《きんきゅうようせい》じゃ。世界同盟の盟約により、フレームギアの貸し出しを要《よう》請《せい》する』

「緊急要請？　なにがあったんです⁉」

世界同盟に加盟している国々にはフレームギアの貸し出しを許可している。それが戦争などでない限りは。

主に災害対処や巨獣討伐《きょじゅうとうばつ》などであるが、一刻を争う緊急要請となると、とんでもないことが起きたと思われる。

『キョウの都に一つ目のゴレムが大軍で現れた。半魚人どももじゃ。都の結界で防いではいるが、長くは持つまい。至急援護《えんご》を頼みたい』

「なっ……！」

イーシェンにもキュクロプスが⁉　イグレットとイーシェンを同時に……！　くそっ、両面作戦ってやつか！

世界同盟を結んでいる国の首都には、僕が敵の侵入《しんにゅう》を防ぐ結界を施《ほどこ》している。

これはその国の代表でしか発動させることはできないが、巨獣《きょじゅう》の攻撃でさえある程度は防ぐことができるのだ。

しかしながら、あくまでそれは巨獣が数体ほどの場合だ。キュクロプス数百体に何度も攻撃されてしまってはさすがの結界ももたない。

急いでイーシェンに向かわなくては……！

白姫さんにすぐに向かうことを告げ、海岸にいるイグレットの国王陛下に事情を電話で説明する。

『わかった。あとは数十体の半魚人や四つ腕ゴレムだけなのでイグレットの騎士団だけでなんとかなる。早くイーシェンへ向かってくれ』

「よろしくお願いします！」

イグレット国王陛下との会話もそこそこに、今度はみんなに状況《じょうきょう》を伝える。うちの騎士団の連中はまだいいが、体調の悪くなっている奥さんたちはこのまま連戦しても大丈夫なのか心配だ。

『なにいってるのよ、これくらいなんてことないわ。それよりも早くイーシェンに向かわないと』

『私たちはほとんど子供たちの後ろで座《すわ》っているだけですけど、助言くらいはできますから』

エルゼとリンゼの言葉に他《ほか》のみんなも同意見のようだった。強いね、うちの奥さんたちは。まったく頭が上がらないよ。

こっちには諸刃姉さんたちも残すし、大丈夫なはずだ。フレームギアは全機イーシェンへ投入しよう。

「よし、じゃあみんな衝撃に備えろ。一気にイーシェンへと転移させる」

オーバーロードの手のひらに乗った僕はスマホを操作してここにいる全てのフレームギアをターゲットロックする。くそっ、時間がかかるな……！

転移する場所はイーシェンの首都、キョウの都の周辺地域。結界に群がっているヤツらの背後を突《つ》く。

「【ゲート】」

全フレームギアの足下《あしもと》に転移門が開き、下に落ちるように全機がイーシェンへと転移する。少し砂と海水も一緒《いっしょ》に転移させてしまったが、そこらへんは勘弁してもらいたい。

地上からかなり離《はな》れた場所に開いたイーシェン側の転移門から、落下したフレームギアが次々と地面に着地する。

「っと⁉」

オーバーロードの手のひらにいた僕は、着地の衝撃でその上から飛び出しそうになってしまった。

『荒《あら》っぽいのう。もう少し丁寧《ていねい》に転移できんのか？』

「急いでたんだよ。ちょっとくらいの荒っぽさは目をつむってくれ」

スゥの愚痴《ぐち》に僕は苦笑いで返すしかない。確かに今のは荒っぽかった。座標も大まかだったしな。

だが、そこまで外れていたわけじゃない。正面にはキョウの都に群がるキュクロプス数百機、そしてその足下には四つ腕ゴレムと、機械の腕と足を付けた悪魔《あくま》のような魔物《まもの》の群れがいた。

あれって八雲から報告があったサイボーグの悪魔か？　機械魔《ま》とでも言うのだろうか。

背中にある蝙蝠《こうもり》のような羽を羽ばたかせて飛んでいる。

『お父様、あれを』

クーンの乗るグリムゲルデが指差すキュクロプスの中に、さっきまで戦っていたメタリックブラウンのキュクロプスと同じような機体が見えた。

角はなく、暗金色のボディのやつだ。他のやつより一回り大きいやつが二機。

さらに普通サイズのキュクロプスより少しだけ大きな角付きの機体が一機。

間違《まちが》いなく指揮官機だろうと思われる。なぜならその機体は他の機体と違い、メタリックパープルの輝きを放ち、同じ色の長い槍を手にしていたからだ。

以前、パナシェス王国を襲《おそ》ったオーキッドと名乗る邪神の使徒に違いない。

機体は以前のよりチューンナップされているように見える。足のところに何やらバーニアのようなものがあるし。

『むっ、こっちに気がついたようです』

シュヴェルトライテに乗る八雲の声に合わせるように、キョウの都に群がっていたキュクロプスたちの一つ目《カメラアイ》がこちらを一斉《いっせい》に向いた。

『おっ、嬉しいねえ。もしかしたらと思っていたけど、また殺《や》りあえるたぁ、ツイてるぜ』

メタリックパープルの角付きが、同じ色をした槍をくるんと回すと、背後にいたキュクロプスが何かを打ち上げた。

爆発《ばくはつ》とともに周囲に撒《ま》き散らされる、金色の粉。くそっ、また神魔毒（薄味《うすあじ》）かよ！

「みんな、大丈夫か⁉」

『大丈夫です……。やっぱり気持ち悪いですけれど、さっきより悪くはなっていません……』


ユミナから少し辛そうな声が届く。

すでに神魔毒（薄味）の毒を受けているユミナたちには追加の効果はなかったようだ。

まあおそらく向こう側にはユミナたちを弱らせる気などないのだろう。向こうの狙いはエーテルリキッドの阻害《そがい》によるフレームギアの弱体化なんだからな。

邪神の使徒との連戦か。いけるか……？　いや、やらねばならない。

こちらへと向かってくるメタリックパープルの角付きを見ながら、僕は決意を新たにした。

◇　◇　◇

イーシェンの首都・キョウの都は、襲い来る魔獣《まじゅう》などに備えて、城郭《じょうかく》に囲まれた作りになっている。

しかしその城郭も高さは六メートルほどしかないので、本来ならばフレームギアやキュクロプスなどではひと跨《また》ぎで越《こ》えられてしまうだろう。

今現在もキョウの都が無事なのは僕の張った結界に侵入を阻《はば》まれているからである。

だけどそれもいつまで持つかわからない。なによりもまずいのはあのメタリックパープルの角付きキュクロプスだ。

あいつの持つ邪神器なら僕の張ったキョウの都の結界など数撃で壊《こわ》せてしまうと思う。

あれは神気を注いだものじゃなく、ごく普通の魔力の結界だからな……。

邪神の神気を僅《わず》かに纏《まと》うキュクロプスの攻撃でも、かなりダメージが蓄積《ちくせき》されていると思われる。

『お父様。ここからでは射線上にキョウの都があって「一斉射撃《フルバースト》」ができませんわ』

クーンからそんな通話が届く。グリムゲルデの『一斉射撃《フルバースト》』をくらったら、さらにキョウの都の結界が弱まってしまう。それはまずい。

最低でもあの邪神器を持つキュクロプスをここから引き剥《は》がさないと……。

僕がそんなことを考えていると、後方から一発の銃声《じゅうせい》が響《ひび》く。

とほぼ同時に、目の前の角付きが紫の槍を一振《ひとふ》りしたかと思うと、ガキィン！　と金属が弾《はじ》かれる音が辺りに反響《はんきよう》した。

振《ふ》り向くとスナイパーライフルを構えたブリュンヒルデが見えた。久遠《くおん》が狙撃《そげき》したのか。

『へえ。正確に頭を狙ってきやがった。面白《おもしろ》いじゃねーか』

角付きが槍をくるんと回転させる。

『いいね、いいね。ただ町を壊すのもつまんねーと思ってたところだ。嫌《いや》だっつっても相手になってもらうぜ！　お前ら、いくぞ！』

槍を構えた紫色《むらさきいろ》の角付きを先頭に、キュクロプスの群がこちらへと駆《か》けてくる。

『思ったより簡単に釣《つ》れましたね。ずいぶんと直情的な人物のようです。父上、速《すみ》やかに後退を』

久遠が冷静に分析するような口調で話しかけてくる。どうやら挑発《ちようはつ》してキョウの都から引き離そうって腹だったらしい。この子本当に六歳《さい》児……？

久遠に言われる通り、僕らは迫るキュクロプスを警戒《けいかい》しながら後方へと退却《たいきやく》する。

幸い、キュクロプスは機体が重装甲の部類なので、足はそれほど速くはない。と、言ってもうちの重騎士《シユバリエ》より少し遅《おそ》いくらいだが。

『逃がすかよ！』

突然《とつぜん》、先頭を走っていた角付きが、足のバーニアを噴射《ふんしや》させて高スピードで突っ込んできた。

　ぐんぐんと追いついて来た角付きの槍が、最後尾《さいこうび》を走る重騎士《シュバリエ》の一機に迫る。

『させないんだよ！』

　その重騎士《シュバリエ》の前に出て角付きの槍を盾《たて》で防いだのはフレイの駆るジークルーネ。

　ジークルーネの盾に槍を防がれた角付きのキュクロプスが一旦《いったん》下がる。

『俺《おれ》の「ウィスタリア」を止めるたあ、さすがブリュンヒルドのゴレム兵だな。だけどこいつはどうかな！』

『ウィスタリア』と呼んだメタリックパープルの槍を、角付きが頭上でぐるぐると回す。回転するたびに槍にバチバチという火花が飛び散り、角付きは稲妻《いなずま》を纏ったその槍をまっすぐにこちらへ目掛《めが》けて振り下ろした。

　瞬間、轟音《ごうおん》と共にあたりにいくつもの雷撃《らいげき》が降り注ぐ。

　間一髪《かんいっぱつ》、咄嗟《とっさ》に後ろへ下がったジークルーネの目の前にも大きな雷《かみなり》が落ちた。

　何機かの重騎士《シュバリエ》が落雷《らくらい》を浴びて、その場に膝《ひざ》をつく。

　フレームギアはコックピットに防御《ぼうぎょ》シールドを張ってあるからパイロットたちは無事だと思うが、機体は少なからずダメージを受けているだろう。

　しかし雷撃をくらったのはこちら側だけじゃない。角付きの後方にいたキュクロプスたちにも雷は落ちた。

味方もろともってか……！　あっちはおそらくパイロットがいない、あるいはゴレムが動かしているとすれば、遠慮《えんりょ》なんていらないんだろうが……。

雷撃をくらって動きが鈍《にぶ》くなった重騎士《シュバリエ》に、追いついたキュクロプスたちが一斉に襲いかかろうとする。

『ここまで離れたらもう遠慮はいりませんね』

その群れに向けてクーンの乗るグリムゲルデから晶弾《しょうだん》の雨が降り注ぐ。さらにクーンが撃《う》ち漏《も》らしたキュクロプスを、久遠のブリュンヒルデが丁寧にヘッドショットで撃ち抜いていた。

雷撃をくらった重騎士《シュバリエ》たちはその間に後方へと下がっていく。

追いついて来たキュクロプスたちに前に出た重騎士《シュバリエ》たちが応戦し、乱戦の様相を呈《てい》してきた。

その中で邪神器を持つ角付きとフレイのジークルーネが、攻撃の応酬《おうしゅう》を繰《く》り広げている。

フレイの本来のスタイルはあらゆる武器を使い、状況に応じて最も適した戦いをするというものだ。

そのため彼女は剣《けん》だけではなく、あらゆる武器を一通り使いこなせる。もちろん槍も使いこなす。

槍を使えるということは、槍を使う相手の戦い方もある程度読めるということだ。

角付きが繰り出す槍の一撃を、フレイは盾で受け止め、剣で弾き、退いて躱《かわ》した。

ジークルーネは互角《ごかく》以上に戦っている。しかし、向こうはまだ余力があり、武器の性能差にわずかだが差があるように思える。

向こうは邪神の神気を纏った槍、こちらは僕の魔力を注いだ晶材《しょうざい》製。

攻撃を受けるたび、ジークルーネの武器がダメージを受けていく。

『おらあっ！』

『っ⁉』

強烈《きょうれつ》な角付きの一撃をくらい、耐《た》えていたジークルーネの盾が大きく二つに割れた。

怯むジークルーネの頭部目掛けてメタリックパープルの槍が再び迫る。

だが間一髪、横から駆けつけたシュヴェルトライテの剣閃に紫の槍は弾かれ、大きく的を外した。

『それ以上妹をいじめないでもらおうか』

『八雲姉様⁉　いじめられてなんていないんだよ！』

助けられたフレイが心外とばかりに抗議《こうぎ》の声を上げる。

槍や薙刀《なぎなた》など長物武器を持つ相手に剣で勝つには、三倍の技量がいるという。

その槍相手と剣で互角にやりあっていたのだから、フレイの言い分もわかる気もする。

だけど危なかったのは事実。フレイと八雲は二人で角付きの相手をすることに決めたようだ。

『んもー！　しつこーい！』

声のする方に振り向くと、ステフの乗ったオルトリンデ・オーバーロードが、大型キュクロプス二機と殴《なぐ》り合いをしていた。

ほぼ同じサイズの二機に同時に攻撃されているオーバーロードには、必殺のロケットパンチを飛ばす余裕《よゆう》がないようだ。

腕《うで》を飛ばす『キャノンナックル』は、当たり前だが飛ばしている間は片腕《かたうで》となる。そこをもう一機に襲われてしまっては反撃《はんげき》するのが難しい。

結果、襲いくる大型キュクロプス二機を殴り飛ばして距離《きょり》を取ろうとしているのだと思う。

しかしながらこの大型キュクロプス、耐久性《たいきゅうせい》が高いらしく、なかなか倒《たお》れない。

起き上がり小法師《こぼし》のように、よろめいては踏み止《とど》まり、また向かっていくという、さながらゾンビのような戦い方だった。

『これならどーだ！』

オーバーロードが脚部《きやくぶ》にあるドリルを外し、右腕《みぎうで》にガシンとドッキングさせる。

『ひっさーつ！　ドリルブレイカー！』

高速回転したドリルが大型キュクロプスの胸部にクリーンヒットし、バキバキと大きな穴を穿《うが》つ。

胸部に風穴を空けられた大型キュクロプスが背中から地面へと倒れていく。さすがにあれでは立ち上がれまい。

『こんどはこっち！　ドリルキャノンナックル！』

向かって来ていたもう一機のキュクロプスに向けて、ドン！　とオーバーロードからドリル付きの右腕が発射された。

凶悪《きようあく》な回転をはらみながらドリル付きのキャノンナックルがあやまたず大型キュクロプスの腹部を貫《つらぬ》いていく。

盛大な音を立てて大型キュクロプスが地面へと倒れた。

『やったー！』

喜ぶように振り上げた右肘《みぎひじ》に、キュクロプスを貫き戻《もど》ってきた腕がドッキングする。

次の瞬間、オルトリンデ・オーバーロードの至るところの関節からブシューーッ！　とキラキラとしたエーテルを含《ふく》んだ白煙《はくえん》が上がる。

『え？　え？　なにこれー⁉』

ステフの悲鳴とともに、オーバーロードが片膝《かたひざ》をつく。これは……！

『負荷《ふか》がかかり過ぎたんですわ。オーバーロードは他のフレームギアよりも圧倒的《あっとうてき》に燃費が悪いんです。イグレットでも何回も星の盾を使ってましたし……』

クーンから説明するような声が飛んできた。オーバーロードを動かしているエーテルリキッドが全身に回り切れてないってことか？　人間でいうと貧血みたいなものか。

とにかく動けないのはヤバい。ただでさえデカいオーバーロードがあれでは格好の的だ。同じように考えたのか、キュクロプスどもがオーバーロードに群がっていく。そうはさせるか！

「【ゲート】！」

『あややっ？』

オーバーロードが地面に沈《しず》み込むように転移していく。出現場所はここから少し離れた後方だ。時間が経《た》てばまた動けるようになるはずだからな。

『むー！　とーさま！　ステフまだたたかいたーい！』

『これ、ステフ。わがままを言うでない。もう充分《じゅうぶん》に楽しんだであろ？　少し休むのじゃ』

『むー……。わかったの……』

『うむ。よい子じゃ』

なんかほんわかした会話が流れてくるが、この戦いを『楽しみ』ととってしまうのは問題だと思う……。ステフが戦闘狂《せんとうきょう》にでもなったらお父さん泣くぞ。少しスゥと教育方針を話し合う必要があるな。

大型キュクロプスは倒れたが、普通《ふつう》サイズのキュクロプスと重騎士《シュバリエ》との戦いは続いている。さすがに連戦はきついのか、イグレットの時よりも精彩《せいさい》を欠いているようにも感じるな。

そんな状況を打破するかのような声が戦場に響く。

『ブリュンヒルド騎士団《きしだん》、突撃《とつげき》ッ！』

『おおおおおおおおお！』

白騎士《シャインカウント》に乗る騎士団長レインさんの号令で、重騎士《シュバリエ》たちが楔形《くさびがた》の陣形《じんけい》で敵陣《てきじん》を切り裂《さ》いていく。

魚鱗《ぎょりん》の陣《じん》……だっけか？　馬場の爺《じい》さんあたりから教わったのだろうか。武田の騎馬《きば》軍団を率いていた将軍なのだから、その手のことはお手のものなのだろうけど。

団長に鼓舞《こぶ》されたのと、後方にいるヨシノの操《あやつ》るロスヴァイセから飛んできた支援魔法《しえんまほう》により、うちの騎士団が息を吹《ふ》き返した。

乱戦の中、うまく連携《れんけい》をとり、確実に一機一機を潰していく。

その中で大立ち回りをしているのは、やはり角付きのキュクロプスと戦っているフレイのジークルーネ、八雲のシュヴェルトライテだ。

この戦いに邪魔《じゃま》が入らないように、リンネのゲルヒルデとアリスの竜騎士《ドラグーン》が周りのキュクロプスを撃退している。

メタリックパープルの角付きキュクロプスは、二機のフレームギアに攻《せ》められているにもかかわらず、互角の戦いを繰り広げていた。

『おらおら、どうしたどうしたァ！　もっと気合い入れてかかってこいよ！』

『くっ、この！』

『うるさいんだよ！』

左右同時に斬りかかった二つの剣を、槍《やり》の中心を持つようにして角付きはどちらとも受け止めて弾《はじ》き返した。

そのまま間髪《かんはつ》を容《い》れず、くるんと回した槍をジークルーネに突き出していく。

その槍をジークルーネが躱したタイミングでシュヴェルトライテが斬り込《こ》むが、角付きは素早《すばや》く槍を引いてその剣撃を弾き返し、後方へと下がった。

完全に動きを読まれている気がする。戦いの中で八雲とフレイの戦い方を見切ったとでもいうのか？

神魔毒（薄味）の効果でいつもより出力が落ちているとはいえ、ここまで翻弄《ほんろう》されるとは。

僕《ぼく》と対戦した時は飛操剣《フラガラッハ》での不意打ちに近い勝ち方だったしな。あの時に仕留めていればっ……。

さっき戦った肉切り包丁の鉄仮面は、ただ武器を振り回す力任せのヤツだったが、こいつは違《ちが》う。

経験に裏打ちされた強さを持つ実力者だ。今はまだ抑《おさ》え込めているが、油断していると大怪我《おおけが》をするかもしれない。

『おっと』

突然角付きが垂直に立てた槍になにかが弾かれる。銃弾《じゅうだん》？　久遠か！

さっきも弾いてたが、久遠の狙撃さえも見切るってどんだけ視野が広いんだよ……。

あまりの実力にジークルーネとシュヴェルトライテも動きが止まっている。

いや、周りのキュクロプスは減ってきているんだから、数で押せばきっと倒せるはずだ。

あいつだって二機のフレームギアとやり合っている最中に久遠の狙撃は躱せまい。

再びジークルーネとシュヴェルトライテの攻撃《こうげき》が始まる。

『おっ、やる気だなァ！　けど、甘《あま》いぜ！　お前らの動きはもう見切ってんだよ！』

斬りかかってきたジークルーネの斬撃を躱し、角付きが真ん中あたりを持った槍で殴ろうとする。しかし斬り下ろしたはずのジークルーネの剣が跳《は》ね上がり、その槍を弾き返した。

『なにっ⁉』

流れるようにその隙《すき》を突いて、シュヴェルトライテの刀が角付きの脇腹《わきばら》を襲う。

『このっ……！　しゃらくせえ真似《まね》を！』

機体を捻《ひね》って避《さ》けた角付きの脇腹を、シュヴェルトライテの刀が掠《かす》める。

なんとか躱したが、大きく体勢を崩した角付きに、たたみかけるように再びジークルーネの剣が迫っていた。

『く……！』

さすがにこれは避け切ることができなかった角付きの左腕が、肘《ひじ》の先からバッサリと斬《き》り落とされる。

左腕を斬り落とされた角付きがジークルーネとシュヴェルトライテから距離をとった。

なんだ？　二人の動きがさっきとまるで違う……。八雲とフレイになにか……あ！

僕は共通回線になっているスマホに話しかける。

「ひょっとして今ジークルーネとシュヴェルトライテを操っているのはヒルダと八重か!?」

『はい、そうです』

『さっき久遠に連絡《れんらく》して隙を作ってもらい、その間に交代したんでござるよ』

そうか、久遠の攻撃はそのための時間稼《かせ》ぎだったのか。でも二人とも神魔毒（薄味）の影響《えいきょう》は？　大丈夫なのか？

『未《いま》だに気持ち悪いですが、数分ならなんとか……』

『さすがに長丁場は無理でござる……。なので短期決戦でいくでござるよ』

シュヴェルトライテが刀を、ジークルーネが剣を構えて角付きへ向けて駆け出していく。

『調子に乗んなよ、この野郎！』

角付きが振り下ろした槍からまたしても雷撃が辺りに雨のように降り注いだ。

しかしジークルーネとシュヴェルトライテはそれを無視するかのように角付きへと迫っていく。ちょっ、そのままじゃ落雷に……！

稲妻が二機のフレームギアを直撃《ちょくげき》するかと思ったそのとき、その雷撃が霧《きり》のように一瞬にして消えてしまった。

『なんだと⁉』

『我《わ》が家《や》の息子《むすこ》は頼《たよ》りになるでござるな』

『ええ、まったく』

久遠の【霧消《むしょう》の魔眼】か！　え、この距離でも消せるのか⁉　うちの息子がチート過ぎる！

角付きへと迫ったシュヴェルトライテとジークルーネの剣が振られる。

シュヴェルトライテの刀がキュクロプスの首を飛ばし、ジークルーネの剣がその胴体《どうたい》を真っ二つに斬り裂いた。

メタリックパープルの機体が残骸《ざんがい》となって辺りにばら撒かれていく。

際どいところもあったけど、なんとか勝ったな。雷撃の中に突っ込んで行ったのはさすがに焦《あせ》ったけど……。

『久遠から雷の方は任せて下さいってメールが送られてきたんです。だからそれを信じて突っ込みました』

『さすがに疲《つか》れたでござる……。胃がムカムカして、変な耳鳴りはするし、頭は重い……。全身が気怠《けだる》くて仕方ないでござる……』

神魔毒（薄味）の影響だな。その上であれだけの戦いをしたのだから、もう二人とも限界なのかもしれない。早く休ませてあげなければ……。

「っと、その前に邪神《じゃしん》の使徒は……」

ジークルーネの一撃《いちげき》により角付きのキュクロプスは真っ二つにされている。

イグレットの時と同じく、このキュクロプスのコックピットもおそらく胴体にあったと思う。あの一撃で仕留められていたらいいのだが……。

「ぐ……！」

バラバラになったキュクロプスの残骸の下から、ボロボロになった邪神の使徒が這《は》い出てきた。確かオーキッドとか言ったか。

左腕は千切れ、横腹に穴が空いていたが、肉切り包丁の邪神の使徒と同じく、ウゾウゾと肉が盛り上がり、みるみるうちに再生していく。

「『ウィスタリア』！」

オーキッドが手を翳《かざ》すと、地面に転がっていた邪神器が小さくサイズを変えて飛来し、その手に収まる。

まだやる気か。

僕は【テレポート】を使い、紫《むらさき》の槍を持つ邪神の使徒の前に立つ。

念のため『神眼』で確認《かくにん》してみるが、やはりこいつも邪神器に魂《たましい》が繋《つな》がったアンデッドだ。

「よお、あんたがブリュンヒルドの大将か？」

「……だとしたら？」

「はん。ぶっ殺すに決まってんだろ。アンタらは俺らの天敵らしいからよ」

天敵ね……。まあ言い得て妙だな。こっちからすればお前らはしつこい害虫でしかないけど。

「確かにお前らの仲間を一人、さっき消してきたけどな」

「仲間？　誰《だれ》だ？」

「肉切り包丁を持ったデカいやつだ」

「なんだよ、へーゼルの野郎《やろう》くたばったのか。だらしねーなあ。ま、あいつは力だけの馬《ば》鹿《か》だからな」

くるんとオーキッドは手にした紫の槍を回転させ、その切先を僕へと向けた。

「んじゃ、敵討《かたきう》ちといくか。そもそも俺ぁ、こんな乗り物で戦うのは性に合わねえンだよ。直に戦った方が万倍面白え」

僕も腰《こし》のブリュンヒルドを抜《ぬ》き、剣状態のブレードモードにしようとした時、頭上から飛び降りてくる二つの影《かげ》に気が付いた。

軽い身のこなしで着地したのは言うまでもなくフレームギアから飛び降りた八雲とフレイである。

「あ？　なんだよ、このガキどもは？」

「お前の相手は私たちだ」

「お父様！　神剣《しんけん》！　神剣を！」

八雲はキリッとオーキッドを睨《にら》み、戦闘態勢に入っているというのに、フレイの方は欲望に塗《まみ》れた目で早くよこせよこせとばかりにこちらに手を向けてくる。なんだかなぁ……。

確かに僕が戦ってもトドメをさせないし、任せた方がいいんだろうけど……。そんな葛藤《かっとう》を抱《かか》えながら【ストレージ】から双神剣《そうしんけん》を取り出す。

あれ？　神剣からの神気が弱くなっている？　さっき取り出した時と比べるとかなり減少しているな……。これって邪神器を壊したからか？

神器は『神核《しんかく》』と呼ばれる電池のような神気の塊《かたまり》が力の源となっている。その力が大きく減少していたのだ。

神気を補充《ほじゅう》すれば元に戻るだろうけど、工芸神であるクラフトさんの話だと、神器って確か作った神様かその眷属《けんぞく》じゃないと、神気を受け付けないいんじゃなかったか？

今まで騙《だま》し騙し使ってきたけど、これは……。

「お父様⁉　早くなんだよ！」

「おっと」

思わず考え込《かんが》んでいた僕に、フレイから急《せ》かすような声が届く。

神剣を受け取った八雲とフレイが剣を構え、オーキッドと対峙《たいじ》する。

「ガキだからって剣を向けた以上容赦《ようしゃ》しねえぞ」

「御託《ごたく》はいい」

「かかってくるんだよ！」

「はっ、言うねぇ。覚悟《かくご》しな！」

ドンッ！　と、槍を構えたオーキッドが大地を蹴《け》って真《ま》っ直《す》ぐに飛び出していく。その先に狙《ねら》うのは八雲。

オーキッドが繰り出した神速の槍を八雲が身体をわずかに捻ってギリギリで躱す。そういう避け方《かた》は心臓に悪いのでやめてもらいたい。

素早く引かれた槍が再び八雲に向けて突き出される。八雲がそれを今度は神剣で弾き、後方へと跳《と》んだ。

その隙間《すきま》を埋《う》めるように飛び出したフレイの剣撃がオーキッドを襲う。

オーキッドは八雲に弾かれた槍を回転させるようにして、穂先《ほさき》の反対側、石突《いしづき》の方でフレイの剣を防いだ。

さらに槍を回転させ、穂先をフレイへと向ける。横からの斬撃にフレイは後ろへと下がった。

オーキッドの槍の使い方は、槍というよりは棒術に近い。槍を変幻自在《へんげんじざい》に扱《あつか》うその実力は確かなもので、八雲とフレイも攻めあぐねているようだ。

二対一だというのに八雲とフレイの攻撃を見事に捌《さば》き切っている。普通ならこの後、防御から隙を見て攻撃に転じ、一人ずつ片付けていくのが定石だろう。

普通なら、な。

「【ゲート】」

「ぐっ⁉」

突然背後から斬りつけられたオーキッドが反射的に振り返って槍を突き入れる。

しかしその空間には誰もいない。ただ、剣の切っ先だけが宙に浮《う》いていた。

「なっ……!」

八雲が神剣の先だけを小さな【ゲート】で飛ばしたのだ。

隙だらけで驚《おどろ》くオーキッドにフレイが神剣を真っ向から振り下ろす。

「てめ……!」

振り返ったオーキッドが邪神器の槍を横に翳し、なんとかそれを受け止める。しかしフレイの攻撃はそれで終わりではなかった。

「【パワーライズ】！」

「ぐっ⁉」

何倍にも膨《ふく》れ上がったフレイの膂力《りょりょく》に押《お》され、オーキッドが膝をつく。

邪神器にピキリとヒビが入った。

「『ウィスタリア』が……⁉　嘘《うそ》だろ、ありえねえ！」

「りゃあぁぁぁっ！」

バキン！　と邪神器が真っ二つに折れるのと同時に、フレイの操る神剣がオーキッドを袈裟《けさ》斬《ぎ》りに斬り裂いた。

「か、は……！　嘘だろ……。へっ……な、るほど、天敵……か……」

オーキッドが石化し、砂となって崩《くず》れていく。

二つに折れたメタリックパープルの邪神器も黒煙《こくえん》を上げながらドロドロに溶《と》けていった。

第二章　束の間の休息

イグレット、イーシェンの両国を襲った邪神の使徒の軍団を討伐《とうばつ》した僕らだったが、次の日、ミスミドの獣王《じゅうおう》陛下経由で、サンドラ地方にある自治都市の一つが壊滅《かいめつ》させられていたことを知った。

生存者の話によると青い角付きがキュクロプスの軍団を率いていたそうだ。

両面作戦じゃなくて三面作戦だったのか……。おそらく青い角付きのキュクロプスは、あの潜水《せんすい》ヘルメット男が乗っていたと思われる。それで他《ほか》の邪神の使徒のサポートに来なかったんだな。

襲われたサンドラ地方はそれぞれの都市が自治を行い、多くの都市が都市国家として存在している。そのうちの大きな沿岸都市がやられた。

町は徹底的《てっていてき》に破壊《はかい》され、壊滅状態。命からがら逃《に》げのびた人々は、絶望のどん底にいる。

ちなみにだが、この地方では僕の評判はすこぶる悪い。

サンドラ王国時代に貴族の所有物であった奴隷《どれい》たちを解放し、滅亡《めつぼう》の原因を作ったのだから、元貴族や元奴隷商人たちからはかなり恨《うら》まれている。

あれはサンドラ国王がうちに宣戦布告をしてきたから受けて立っただけで、奴隷解放は言ってみれば賠償金《ばいしょうきん》のようなものなのだが。

奴隷たちはほぼサンドラからいなくなり、サンドラ地方にいる者たちはほとんどが大なり小なり僕を恨んでいるという噂《うわさ》だ。

今回の邪神の使徒の襲撃《しゅうげき》も、僕の仕業《しわざ》ではないかと疑われている。まあ、あんな巨大《きょだい》ロボットを持っているのはうちの国ぐらいだからなぁ……。

世界同盟に加入している国ならば誤解を解くこともするけれど、あそこでは何を言っても信じてもらえない気がする。

そんな人たちを助ける義理はないのだけれど、助けられるなら助けたかった。

「後手に回ってしまったなあ……」

「全部を救うことなんてできません。手の届く範囲《はんい》でやっていくしかないのでは？　幸い父上の手は長いわけですし、次はもっとうまくやれると思いますよ」

ぐう。ボヤいていたら息子さんから励《はげ》ましのお言葉をいただいてしまった。まあ、そうなんですけどね……。

問題はまだあって、例の双神剣である。

製作した神の眷属でもない者が使い続けた結果、電池切れならぬ、神気切れを起こした。この神器は僕の神気を受け付けない。こうなってしまうとこの神剣はただの頑丈《がんじょう》な剣でしかなく、次に邪神の使徒が出てきた場合、邪神器を壊すことができない。

どうしたらいいかと花恋《かれん》姉さんたちに相談したら、やはり僕が神器を作るしかない、と。双神剣を作った神様に頼《たの》めば充電《じゅうでん》ならぬ充神気をしてくれるんじゃ？　と提案してみたのだが、もともとこの剣自体が他の世界からの強奪品《ごうだつひん》だから、逆に怒《おこ》られるとのこと。盗《と》ってきたのは僕じゃないんだが……。

「まあ、最悪は冬夜《とうや》君のスマホを使うのよ」

「え？　それってどういうこと？」

「忘れてるかもしれないけど、それも神器なのよ？　しかも世界神様の。そのスマホを子供たちの誰かに渡《わた》して邪神器をガンガン殴ればたぶん壊せると思うのよ」

スマホで殴るって……。なんちゅう力技だよ。シュール過ぎる。流石《さすが》にそれはどうなのか。スマホを片手に戦うわけにもいかんでしょう。リンネあたりならできそうな気もするが……。

「冬夜君たちの結婚《けっこん》指輪もほとんど神器だから、子供たちに渡してそれで殴るってのもありなのよ」

いや、だから……。だめだ。ちゃんとした神器を作らないと本当にそうなってしまう。『結婚指輪で敵を殴ろう』なんてお嫁《よめ》さんたちに言えるか！

だけど、未だにそのベースとなる『神核』ができないからなあ……。

それとその『神核』を収める『器』のことだが、ヤツらの邪神器を見ていて、ああいったサイズ変更《へんこう》できる武器もいいなと思い始めている。パクるみたいでちょっとモヤっとするが、フレームギアでも使える神器だと便利なのは確かだ。

フレームギアで戦って向こうの神器を壊せれば、子供たちの負担も軽くなるだろう。

まあ、兎《と》にも角《かく》にもまずは『神核』を作らないといけないわけだが……。

「ぬぐ、ぐ、ぐ……！」

そういうわけで今日も頑張《がんば》る僕である。

神気の塊を少しずつ少しずつ圧縮していく。相変わらず抵抗《ていこう》が激しく、小さくなりやしない。それでも野球ボールほどまで小さくした僕の努力を自分で褒《ほ》めてやりたいくらいだ。

ここからゴルフボール大、さらにビー玉大まで小さくできれば、とりあえず一段階はクリアーできるのだが……。

「あっ⁉」

ちょっと気を抜いた瞬間《しゅんかん》に押さえていた神気が弾けてしまった。また失敗か……。ああ、もう今日はやめやめ。体力気力神力ともに限界です。

気持ちを切り替《か》えた僕はバビロンの『研究所』へと向かった。

『研究所』では僕がイグレットの戦いで採取した神魔毒《しんまどく》（薄味《うすあじ》）改め、神魔毒（弱）を解《かい》析《せき》しているところだった。

神魔毒（弱）は、僕の展開した【プリズン】に閉《と》じ込められている。この【プリズン】はいろんな解析ができるように神魔毒（弱）以外は通すようにできているのだ。

その十センチ四方の立方体を前に、珍《めずら》しく博士が腕を組んで首を傾《かし》げていた。

「むぐう……。わからん……」

「解析できなかったのか？」

難しい顔をしている博士にそう尋《たず》ねてみる。

「いや、この物質がエーテルリキッドの流れを阻害《そがい》するということは判明しているんだ。だけどこの物質がどういうものでできているのか、この物質そのものを、あるいはこの物質の影響を消すにはどうしたらいいのか手がかりすら……」

うん、まあ腐《くさ》っても神の作ったものだからな。地上の人間に解析するのは難しいだろう。

「こいつは冬夜君の【プリズン】で防げるのかい？」

「金粉自体は防げるけど、こいつの効果までは止められないんだよなあ……」

金粉自体はあくまで物質だから防ぐことができる。しかしその効果は曲がりなりにも神力を使ったものだから、神気を込めない【プリズン】では防げない。

それにこの物質のやらしいところは、粉の一粒《つぶ》でも触《ふ》れるとその場所が汚染《おせん》されて広がっていくということだ。

つまり、その戦場自体が毒の沼地《ぬまち》になる。本当の神魔毒と違って（弱）だから時間が経てば戻るらしいが……。

実際、粉を被《かぶ》ったフレームギアも汚染されていた。人間にはなんの影響もないからパイロットは大丈夫《だいじょうぶ》だけど、数日はこれらのフレームギアは出力が元に戻らない。

「出力が四割もダウンするのは痛いよなあ」

「確かに。よくその状況《じょうきょう》下で勝てたね」

「まあ、そこらへんは練度とか連携とか？　うちの騎士団の人たちは軒並《のきな》みベテランだから」

フレームギアを初期から乗り回しているわけだし。向こうのキュクロプスにまったくチームワークがなかったのも助かったな。

「それとロスヴァイセの支援魔法か。あれってエーテルリキッドを活性化させて出力を上げるんだろ？　実際は二割ダウンくらいになってたんじゃないか？」

「なるほど、そっちの効果もあったか」

桜《さくら》のロスヴァイセから放たれる支援魔法によって、いくらか強化されていたはずだ。

桜があの状態だったから、いつもよりは低下していたと思うけども……。いや、ヨシノのギターも加わっていたからプラマイゼロ？

「そっちを強化するってのもありかもしれないね」

「下げられた分だけ上げるってか？」

ま、わかりやすい対策と言えるけれども。

「あとはオーバーギアかな」

「オーバーギア？」

「オーバーギアはその設計上、エーテルリキッドをメインとして作られてはいない。あくまで動力炉《どうりょくろ》となるのはゴレムのＧキューブだ。向こうのキュクロプスと似たような作りなんだよ。だからこの神魔毒（弱）とやらの影響を受けにくいはずだ」

なるほど。その手があったか。

といっても、オーバーギアはノルンとノワールのレオノワール、ニアとルージュのティガルージュ、ロベールとブラウのディアブラウの三機しかない。あ、ユミナとアルブスのヴァールアルブスもあるか。でもあれは『方舟《アーク》』探索《たんさく》に使っているからな。

動けるのは三機だけだが、かなりの戦力になる。今度奴《やつ》らの襲撃を察知したら手伝ってもらうか？

あ、ゴールドのオーバーギアも作れるのか。でもマスターはステフだしな。いずれ未来に帰ってしまうから作るだけ無駄《むだ》になるか？　いや、使わなくなっても未来まで取っておいて、改めてステフにプレゼントするってのも悪くないかも……。

「盛り上がっているところ悪いが、開発陣《こっち》もいい加減オーバーワーク気味なんだがね？　水中用のフレームギアも開発・量産しないといけないし、今回壊《こわ》れたフレームギアも直さないといけないし、回収したキュクロプスの分析《ぶんせき》もある。君のレギンレイヴだってオーバーホールするためにバラしたまま、まだ手付かずなんだが」

「はっ、すみません」

博士にじろりと睨まれた。さすがになんでもかんでもぶん投げ過ぎか。

「冬夜君はもうちょっとボクを労《ねぎら》うべきだと思うんだ。具体的に言えばハグしてキスして一緒《いっしょ》にお風呂《ふろ》に入ってベッドの中で朝までしっぽり……」

「じゃ、そういうことで」

「うぬう」

面倒《めんどう》なことになる前に僕はそそくさとバビロンを逃げ出した。

城へ戻って廊下《ろうか》を歩いていると、ダンスホールから静かな曲が流れているのが聞こえた。

これはワルトトイフェルの『スケーターズ・ワルツ』か？

ちょっと気になりダンスホールを覗《のぞ》くと、その曲で踊《おど》る久遠《くおん》とアリスの姿を見かけた。

「アリス、笑顔《えがお》が引き攣《つ》ってきてますわ。リズムもズレてきています。久遠のリードにちゃんとついていって下さいませ」

「はい！」

手拍子《てびょうし》でリズムを取りながら指導をしているのはルーだ。

アリスの淑女《しゅくじょ》教育は主にユミナとルーが行っている。元々王女様だからね。

ヒルダもそうなのだが、レスティア騎士《きし》王国の場合は武勇に重きを置いているところがあるからな。ヒルダ自身はダンスとかマナーとかそつなくこなすけど、教えるのは苦手なのだそうだ。剣《けん》とかを教えるのはうまいのにな。

なんとなしに久遠たちのダンスを見学する。……いや、けっこううまいんじゃないの？

久遠もそうだけど、ダンスなんてやったことのなかったアリスがそれにちゃんとついていけてる。あれならば少なくとも舞踏会《ぶとうかい》などで恥《はじ》をかくことはあるまい。

もともと運動神経はいいわけだし、下地はあったってことか。

あ、動画撮《と》ってエンデに送りつけてやるか。さぞ娘《むすめ》さんの成長を喜ぶことだろう。

僕は一曲踊り終わるまで動画を回し、エンデに送信してやった。うむ、いいことをした。

「はい、そこまで。なんとか及第点《きゅうだいてん》ですね。ただ踊るだけではなくもう少し表情に注意してみて下さい。時々眉根《まゆね》が寄っていましたよ？」

「はい。ありがとうございました！」

ルーに元気よく頭を下げるアリス。あれでなんとか及第点って厳しくないか？　充分だと思うんだけれども……。

ルーにその旨《むね》を伝えてみると、

「まあ、普通ならば。ですが一国の王子の婚約者《こんやくしゃ》としては、より完璧《かんぺき》さを求められます。王妃《おうひ》になれば、アリスはブリュンヒルドの貴族女性たちの代表となるわけですから、手を抜くわけにはいきませんわ」

おおう……そですか……。

ブリュンヒルド貴族って言っても正式にはほとんどいないんだが……。

ここらへん、高坂さんにそろそろ決めるようにと言われている。国内での身分だけではなく、他所の国でも通じるような爵位《しゃくい》が必要らしい。

いわゆる公爵《こうしゃく》、侯爵《こうしゃく》、伯爵《はくしゃく》、子爵《ししゃく》、男爵《だんしゃく》、騎士爵《きししゃく》、みたいなものだな。

だけどうちは領土が小さいから、貴族が治めるほどの土地はないんだよね。家を建てるくらいの土地は与《あた》えられるが。爵位といっても部長、課長、係長、みたいな肩書《かたが》きだけになりそうな気がする。

隣国《りんごく》であるベルファストとレグルスからはもう少し領土を譲渡《じょうと》してもいいぞと前から打診《だしん》は来てる。土地をもらっても一から開発するのはうちなんですけど……。

ただ子供たちがきてからは国土を広げるのもいいかもと前向きに考えるようになった。

なぜかって？　娘たちが領地を持っていれば嫁入《よめい》りじゃなく婿入《むこい》りの可能性もあることに気がついたからだよ……！　王家の分家、ブリュンヒルド公爵家として、この国に残る可能性があるじゃないか。

そんな話をユミナたちにしたら全員苦笑いしていたが。僕は本気だぞ？

そんなことを考えていたら、ピロリン、とスマホに着信音。見るとエンデからのメールで『くっつき過ぎ！　もっと離《はな》れて踊るように！』という文章が書かれていた。

男女ペアで離れて踊ってどうする……。そういうスタイルもあるけれど、この場合は違うだろ。

「陛下、ボクのダンスどうだった？」

「ん？　うまかったぞ。エンデにも動画を送ったらうまいって褒めてたよ」

「えへへ、やったー」

若干事実《じゃっかん》と違うが、まあ間違《まちが》いではあるまい。どうせあいつはアリスの前じゃそう答えるに決まっているからさ。

褒められて喜ぶアリスにルーが話しかける。

「では次の授業にいきますよ。次は料理です」

「はーい！」

「え？　料理まで教えてるの⁉」

料理は王妃教育に必要ないんじゃないか？　味の良《よ》し悪《あ》しを判断する舌は必要かもしれないけど、作る必要はないと思う。まさかルーの押し付けじゃないよね？

「ボクが作った美味《おい》しい料理を久遠に食べてもらいたいから。お母さんたちやお父さんにも食べてもらいたいし」

ええ子や……ものごっつうええ子や……。

思わず心の中でエセ関西弁が出てしまうほどだ。こんなに思われて久遠は幸せ者だなぁ……。

「久遠はアリスを大切にしないといけないなぁ」

「わかってます。アリスは僕の隣《となり》を歩く覚悟を決めてくれました。僕もそれに応《こた》えたいと思います」

ちょっとからかう感じで言葉を投げたら、けっこうマジな言葉が返ってきた。なんでうちの息子さん、こんなにイケメンなん……？

なんか頭に『鳶《とび》が鷹《たか》を生んだ』とか『青は藍《あい》より出でて藍よりも青し』なんて言葉がよぎるんだが。

父親としてもっと頑張らねばいかん。とりあえず仕事だ！　仕事しよう！

◇◇◇

息子に負けてなるかと執務室《しつむしつ》で高坂さんやユミナとお仕事に汗《あせ》を流す。とは言っても、王様《ぼく》の仕事なんて、国民の要望を聞いてそれを検討したり、下から上がってくるいろんな計画書を吟味《ぎんみ》して許可を出すハンコを押したりがメインなんだが。

たまーに建築やインフラ工事に駆《か》り出されることもあるけどさ。

「あれ？　このコンサートホールってまだオープンしていなかったっけ？」

資料にあった建設済みのコンサートホールの文章を見つけて、僕は軽く首を傾げた。

「建設も内装も終わってはいるのですが、歌い手と演奏者が集まらないそうで……。今一度募集《ぼしゅう》をかけているところです」

僕の疑問に高坂さんが答えてくれた。

コンサートホールとはいうが、正確には多目的ホールだ。コンサートから演劇、式典や集会ができる建物である。

そもそもは音楽をもっと身近に感じてほしいという桜の提案で計画したものだが、いつの間にか完成はしていたらしい。

完成しているのにオープンしない理由は、ただそこで演奏する演奏者や歌い手が集まらないってことらしい。

基本、音楽、特に楽器演奏は裕福《ゆうふく》な身分の者がするものであるから、一般的《いっぱんてき》な人たちは楽器演奏などできない。

さらに言うなら、それなりに楽器演奏ができる者なら大抵《たいてい》貴族に召《め》し抱えられ、専属の楽団員として所属することになる。当然、ギャラもいい。

わざわざこんな小国にきて演奏する必要はないってことだ。

しかし中には吟遊《ぎんゆう》詩人という者もいる。楽器を手に町から町へ渡り歩き、物語を歌う人々だ。

彼《かれ》らならうちの国でも喜んで歌ってくれるだろうが、なにせ渡り鳥《どり》、そうそうタイミングよく来てはいなかったりするんだよね……。

「やっぱりうちの楽団とか桜に歌ってもらうしかないかな？」

うちの楽団（といっても正式なものではないのだが）は、騎士団《きしだん》の中で音楽好きな連中が集まった集団であり、音楽自体が本職ではない。あまりそちらにかかりきりになってしまうのも問題だと思って、彼らの参加は見送っていた。

できればいつでもやっていて、気楽に音楽を聴《き》ける場所にしたい。そのためには多くの歌い手や演奏者を抱えておきたかったのだが……。

「歌や音楽ばかりじゃなくてもいいんですよね？　劇団なども招いてみては？」

「それも考えてる。できればこの国を拠点《きよてん》にしてくれるとありがたいんだけど、難しいかな……」

「国の人口が違い過ぎますからね……。一週間も公演していたらほぼ全員が観《み》ることになりますから、稼げるかというと……」

ううむ。一度観た演劇をまた観に行くというのはよっぽどのファンじゃないとないよなあ。一週間でまた次の新たな演目をやるってのは過酷《かこく》過ぎる。

……音楽神である奏助《そうすけ》兄さんを放《ほう》り込《こ》んでおけば一週間だろうが一ヶ月だろうが演奏し

続けられる気がするが……。

そんなことを心の中で考えていたら外からギターのもの悲しい旋律《せんりつ》が流れてきた。やめてくれってことですね、ハイ。

演劇に関しては他の国で公演したのを録画させてもらってそれを上映するという方法もあることはあるが……映画館だよねえ、これ。

いや、映画館でもいいのか。娯楽《ごらく》の場所になるのなら。人件費もかからないし、悪くないかもしれない。

演劇神であるシアトロさんのところに行って、あの一座の劇をいくつか撮らせてもらうか。

「そういえば……ヨシノがうちの楽団を集めてなにか練習してましたよ。コンサートホールで演奏する気なんじゃないですか？」

「ヨシノが？」

コンサートホールの話は、もともとヨシノが桜に未来の話をしたことから出ている。なにせヨシノも何度かそこで演奏したって言ってたからな。だからこそ思い入れがあるのはわかるんだが。

ちょっと気になったので城にある防音設備の整った練習室へ向かうと、うちの楽団メンバーがヨシノの指揮で演奏をしているのを発見した。

ヨシノを指揮者として、第一バイオリン、第二バイオリン、ヴィオラ、チェロ、コントラバスの弦楽器隊《げんがっきたい》、フルート、オーボエ、クラリネット、ファゴットの木管楽器に、トランペットやトロンボーンの金管楽器、ティンパニなどの打楽器にシンバルやハープまで揃《そろ》ってる。うそん、オーケストラやん……。

「木管さん、音をあんまり揺《ゆ》らさないように。金管さんは音量を最後まで合わせて。シンバルさん、そこはもっとテンポよく！」

小さなヨシノが指揮台の上で指示を飛ばしている。それに文句を言うことなく、楽団のメンバーが粛々《しゅくしゅく》と従っていた。

なにこれ？　うちの娘さん、いつの間に楽団を牛耳《ぎゅうじ》ったの⁉　なんかちゃっかりコンマスの席に奏助兄さんがいるし！

「それじゃもう一度頭から！」

ヨシノの指揮で再び演奏が始まる。ぶっ、これって日本で有名なＲＰＧのオープニングだろ⁉　『序曲』ってやつ……！

コンサートホールのこけら落とし公演には相応《ふさわ》しいかもしれないが……！

ヨシノめ。間違いなくコンサートホールの出演を狙っているな。まあ断る理由もないんだけど……。

少し騎士団の連中のスケジュールを調整してみるかな。騎士《ナイト》ゴレムも導入されつつあるし、少しなら余裕《よゆう》ができるだろ。

あんなに頑張っているのにダメとは言えんよ……。

◇◇◇

結局、コンサートホールでのこけら落としはうちの楽団による演奏会と決まった。そのオーケストラの指揮をするのはヨシノである。

わずか九歳《さい》の指揮者などなんの冗談《じょうだん》かと思うけど、うちの楽団員からヨシノじゃないと困るとまで言われては許可を出すしかなかった。

指揮なら音楽神である奏助兄さんがやればいいんじゃないかと思ったのだが、ヨシノもやる気満々だし、あえて反対する理由はなかった。

いずれヨシノは未来へ帰ってしまうからなあ……。今のうちに後継《こうけい》となる次の指揮者を育てておかないといけないのかもしれない。

ちなみに何曲か桜の歌も初公演には組《く》み込まれている。そのせいかヨシノと桜はプログラム作りと練習に忙《いそが》しくて、最近は食事の時間も合わない。あまり無理はしてほしくないんだが。

《主《あるじ》。少しご相談したいことが》

「ん？　紅玉《こうぎょく》か？」

僕《ぼく》が執務室で残り少ない書類にハンコを押しながらそんなことを思っていると、紅玉から念話が飛んできた。

《配下の鳥たちが発見したのですが、どうやらこの国に向かう街道《かいどう》の道中で盗賊《とうぞく》たちが集まっているそうなのです。拠点は我《わ》が国《くに》ではないのですが、いかがしたものかと》

盗賊か。そういった輩《やから》が絶えないのは世の常だが、どこからやってくるのかね。

冒険者崩《ぼうけんしゃくず》れや傭兵《ようへい》が楽して稼《かせ》ごうと道を踏《ふ》み外《はず》すことも多いと聞くけど……。そんな体力あるならうちで建築関連のバイトでもしろって言いたい。

まあ、あの手の輩は楽して大金を稼ぎたいわけだから嫌《いや》がるかもしれないが。

「その盗賊たちの根城はどこに？」

《ベルファスト側の森の奥《おく》ですね》

ベルファスト側か。向こうの国王陛下にアジトの場所を示した地図を添付《てんぷ》して送っとこう。

ベルファスト国王陛下にメールを送ってひと仕事完了《かんりょう》っと。

「盗賊ですか」

「……ええ。アジトの場所をベルファストの国王陛下に送っときました」

僕の執務机《しつむづくえ》に書類の山をどさりと高坂さんが置きながら尋ねてきた。増えた……。

「この国の周辺はベルファストとレグルスからすれば王都や帝都《ていと》から遠く、騎士団も目が届きにくいですからね。なのに我が国へ訪《おとず》れる商人たちが多いので、よからぬことを考える輩が集まるのもわかります」

そうなんだよなぁ……。やってきた商人たちはうちで珍しい商品を買い付けていくし、ダンジョン島などで手に入れた財宝や魔獣《まじゅう》の素材などを買っていく。

なのでかなりのお金を持っていたりするから、山賊《さんぞく》や盗賊たちにとっては鴨《かも》がネギを背負っているようにしか見えないんだろう。

あいつらのやらしいところはあくまでうちの国で襲《おそ》うのではなく、警戒《けいかい》の緩《ゆる》いベルファストやレグルスの領土で襲うところだ。

ブリュンヒルド《うち》という餌場《えさば》に近寄ってくる商人《エモノ》を狙っているわけだな。考えてたら腹立ってきた……。

「冒険者《ぼうけんしゃ》ギルドでも護衛依頼《いらい》が多くなっているそうです。いく人かの商人たちが結束して、隊商《キャラバン》としてやって来たりしているそうですよ」

隊商《キャラバン》か。さすがに盗賊たちも護衛の多い隊商を襲ったりはしないよな。商人たちもなにかしらの対策をとっているということか。

しかし護衛を雇《やと》えるのは一部の金を持っている商人だけだからな……。駆け出しの行商人なんかだと、馬車とその身一つだけで町から町へと渡り歩かなければならないし。

もっとベルファストとレグルスとの連携《れんけい》を密にしていく必要があるな。街道の安全をもっと高めないと。

「あれ？　そういえば今日はユミナは？」

ユミナはこの国の内政の一部を請《う》け負っている。王妃《おうひ》兼《けん》大臣の一人なのだ。

いつも僕の仕事を手伝ってもらっている。というか、手伝ってもらわないと目の前の書類が今日中に片付く気がしない……。

「ユミナ様は他の王妃様方とお茶会だそうで、本日は午後からです」

ああ、例のお茶会か。

誰《だれ》が名付けたのかは知らないが、『王妃たちのお茶会《クイーンズティーパーティー》』と呼ばれるお茶会が週に一度開《かい》催《さい》されている。

僕のお嫁さんら全員が参加し、なにやらいろいろと話し合っているらしい。『らしい』というのは、僕にはこのお茶会への参加資格がないからだ。

なにを話し合っているのか、彼女《かのじょ》たちも僕には教えてくれない。

女の子同士でしか話せないこともいろいろとあるのだろうが……。

気のきかない旦那《だんな》への愚痴《ぐち》とか……？　いやいや、そんなわけない……ないか？　ないよね？

「仕事しよ……」

モヤッとした不安を抱《かか》えながら、僕はハンコを押すスピードを上げた。

◇　◇　◇

一方、その『王妃《クイーンズ》たちのお茶会《ティーパーティー》』では。

「それでですね！　『母上、大丈夫ですか？』って久遠が優《やさ》しく手を取ってくれて！」

「こないだ買った服もエルナにぴったりで可愛《かわい》かったんだから！　ほらこれ、その時の写真！　可愛いでしょ！」

「リンネがまた勉強をほったらかしにして遊びに行っちゃって……」

「お昼はアーシアが作るらしいですから、厳しく吟味しませんと」

「ステフに絵本を読んであげたのじゃ！　次の絵本はなにがいいかのう」

「八雲《やくも》の剣筋がなかなか鋭《するど》くなってきてでござるな……」

「フレイがまた怪《あや》しい武器を買ってきて……」

「クーンが開発に夢中になってご飯を抜《ぬ》こうとするのよ。なんとかならないかしらね？」

「午後からヨシノとセッション。楽しみ」

旦那の話など、愚痴どころか話題にさえ上がっていなかった。もっぱら話の内容は子供たちのことである。

　順番に自分の子供とのことを話し、問題があればその相談に乗る。あるいは子供自慢《じまん》に首肯《しゅこう》する。

　スゥの子供であるステフが来たことにより、全員の子供たちが揃った。結果、遠慮《えんりょ》することがなくなったため、最近はブレーキが壊れたようにみんながみんな子供たちの話をするようになったのだ。

自分が話すだけではなく、他の王妃たちの目を通しての自分の子供の情報も得られる。その情報収集の場でもあった。

「そういえば……アリスのダンスが上達してきましたわ。まだ久遠のリードに引っ張られる形ですが、充分《じゅうぶん》舞踏会《ぶとうかい》で踊れるレベルですわね」

アリスの淑女教育、そのダンス担当であるルーがユミナにそう報告した。

久遠とアリスが結婚すればユミナとは嫁と姑《しゅうとめ》の関係となる。その関係性を鑑《かんが》みての報告であった。

「アリスはなんというか、才能の塊《かたまり》ですね。教えたことをすぐに飲《の》み込んで自分のものにしてしまう。あれってエンデさんの娘だからなのでしょうか？」

「あー……。あいつ、才能だけでなんでもこなすからねー。たまに腹立つわ」

ルーの言葉にエンデの妹弟子《でし》であるエルゼが面白《おもしろ》くなさそうにつぶやいた。

「母親であるメルさんもフレイズの王だったわけですし、もともとそういう素質はあったんじゃないでしょうか」

「いえ！　これは純真に久遠を想《おも》うが故の結果なのです！　恋する乙女《おとめ》は無敵！　愛の力は偉大《いだい》です！」

ふんす、と鼻息荒《あら》く立ち上がり、リンゼの言葉を否定するユミナ。他の八人が若干引い

ていることに彼女は気づいていない。

「ユミナ殿《どの》が花恋義姉上《かれんあねうえ》みたいなことを言い出したでござるよ……」

「まあ、義理の娘になる相手ですから……。嫁姑《よめしゅうとめ》間でギスギスするより何倍もいいんじゃないですか？」

八重《やえ》とヒルダがこそこそとそんなことを小さな声で話す。そんな声をユミナに聞かせないようにと思ったのか、リンゼが慌《あわ》てて話を繋《つな》いだ。

「六歳でもう婚約者を決めるなんて早いかと思いましたが、あの二人なら大丈夫そうですね」

「王侯《おうこう》貴族ならあの年齢《ねんれい》で婚約者が決まっているのは珍しいことじゃないわよ。国家の思惑《おもわく》も絡《から》んでくるからね」

リーンの説明に、はて？　と八重が首を傾げた。

「でもユミナ殿、ルー殿、ヒルダ殿には確か婚約者はおられなかったでござるよね？　ユミナ殿は魔眼のことがあったからと前に聞いたでござるが……」

ユミナの場合、【看破の魔眼】があったため、簡単に相手を決めることはできなかった。ユミナと性格や趣味《しゅみ》などで合わないと相手を断っても、邪念《じゃねん》があったので断ったのだと他《ほか》の貴族に受け取られかねなかったからである。それはユミナにとっても相手にとっても不幸でしかなかった。

「ルーの場合はどうなのじゃ？」

「私《わたくし》の場合、第三皇女でしたからそこまで早く決める必要はなかったんですわ。そもそも早めに婚約者を決めるというのは、次期王位を継《つ》ぐ者が主ですし」

王女の場合でも他国から正妃《せいひ》として婚約《こんやく》の申《もう》し込みがあった場合は別である。その場合は早めに婚約者が決まる場合があるが、レグルス帝国《ていこく》はクーデター事件が起こるまでは他国との関係があまり良くなく、その国の姫《ひめ》を正妃にもらおうとする国はなかった。

また、レグルスの方でも戦争を始める可能性がある他国に娘をやる気はなかったと思われる。

「お父様のことですから、適齢期《てきれいき》になったらレグルスの上級貴族に嫁《とつ》がせるつもりだったのではないでしょうか」

「臣下に娘をやって絆《きずな》を深く……でござるか。ヒルダ殿の場合は？」

「ええと……私の場合はレスティアの上級貴族や隣国の王家から、いくつかの申し込みがあったのですが……」

なんとも歯切れの悪い感じでヒルダが小さく答える。

普段《ふだん》から物事をハッキリと口にする彼女のこの反応に、他のみんなは首を傾げた。

「その、自分よりも弱い相手に嫁ぐ気はなかったので……申し込んできた相手全員と戦って打ち倒《たお》してしまいまして……」

「ぷっ」

吹《ふ》き出したのは誰だったか。次の瞬間、ヒルダ以外の八人から笑い声が上がる。

「そ、そんなに笑わなくてもいいじゃないですか！　皆《みな》さんひどいです！」

「ごめんごめん。ヒルダらしいなあって思って」

「そんなヒルダだから王様と出会えた。それは間違いじゃない。ヒルダは正しい」

ふくれるヒルダにエルゼと桜がフォローに回る。

礼儀《れいぎ》と武を尊ぶレスティアでは、ヒルダの行為《こうい》に対してはほとんどのものが是《ぜ》としていた。

自分よりも弱い者に嫁ぎたくないという気持ちもわかるし、嫁にする者に負ける騎士というのもいただけないからだ。

「うちの娘たちも相手を探すのに苦労しそうじゃのう……」

スゥがぼそりとつぶやくと、全員が苦笑いを浮《う》かべる。

「溺愛《できあい》している父親ってのが一番のネックよね」

「それ自体は別に悪いことじゃないんですけど……」

リーンのため息とともに漏《も》れた言葉に、リンゼが困ったような笑いを浮かべた。

「でも中途半端《ちゅうとはんぱ》な男に、うちのエルナは渡《わた》せないわ。少なくともエルナより強くないと」

「激しく同意。ヨシノも変な奴には渡せない。嫁に行く以上、ヨシノを命懸《いのちが》けで守ってくれる男がいい」

「候補がものすごく限られてきそうでござるな……」

そもそも半神である彼女らの子供たちに単純に強さで上回る者などほぼいないと思われる。問題なのは父親だけではない気がすると八重は思った。

この件に関しては比較的《ひかくてき》、八重、ルー、ヒルダ、リーンは当人がいいなら、と放任派、エルゼ、リンゼ、スゥ、桜は、相手をよく見極《みきわ》める必要がある、と慎重派《しんちょうは》だった。

ユミナの場合、もし久遠が側妃《そくひ》をもらうとしたら、と考えると慎重派にならざるを得ない。下手な嫁をもらうとこの国の衰退《すいたい》に関《かか》わる場合があるからだ。

正妃側妃の争いで国が乱れたなんて話は、枚挙にいとまがない。家庭の不和を引き起こしそうな嫁など願い下げだ。

その後も王妃たちの子供話が延々と続く。

「子供たちが来てからどうしてもそっちの話になっちゃうわね」

話に夢中になってしまい、すっかり冷めてしまった紅茶を飲みながらリーンが自嘲《じちょう》気味に笑う。

本来なら国家運営の話や国王である冬夜をどうサポートしていくかを話し合う場であったのだが、今では井戸端《いどばた》会議とそう変わらない感じになっていた。

「最近思うのだけれど……あの子たちは未来から私たちを助けに来てくれたんじゃないかって思うわ」

「うむ、この間の戦いもステフたちがいなかったら危なかったしの」

「神魔毒（弱）でしたか……。あれは確かにキツいですね。ムカムカとした気持ち悪さがなんとも……」

ヒルダがその感覚を思い出して身震《みぶる》いするように首を横に振《ふ》る。それに関しては他の者も皆同じ気持ちだった。まとわりつく不快感や、身体の内部から湧《わ》き上がる嫌悪《けんお》感がとてつもないのだ。

「冬夜様や花恋お義姉《ねえ》様はなんともないんですよね？」

「神族に効くほどじゃないって話でござったな。その眷属《けんぞく》、神気を持つ天使や精霊《せいれい》には多少効果があるとか……」

「私たちいつの間にか天使や精霊と同じ存在になってたのね……」

八重の説明に呆《あき》れたようにエルゼの声が漏れる。そんなエルゼの態度にくすりと笑うリーン。

すでに彼女たちの身体には神気が内包されている。まだ使いこなすことはできないが、神の眷属であることは間違いない。

「私たちの旦那様《だんなさま》が世界神様の眷属だから、これはもうどうしようもないわね。邪神《むこう》の使徒側はそんな思惑はなく、フレームギアの弱体化を狙《ねら》ってのことなんでしょうけど……」

「予想外の副作用ってわけでござるな。また次も子供たちに頼《たよ》るしかないのでござろうか……」

「あの、聖樹の葉や皮でマスクを作ったりは？」

「アレは体内に入らなくても肌の近くにあるだけで効果を発揮するらしいから口だけ守ってもあまり意味はないと思うわ」

リンゼの提案にリーンが首を横に振る。実際、【プリズン】で金粉を持ち帰ることはできたが、その効果自体は【プリズン】でも止められなかった。

農耕神である耕助《こうすけ》が作り上げた聖樹には神魔毒を浄化《じょうか》する作用がある。戦場に大きな聖樹があればその効果を防げるかもしれないが……。

「ならば全身を聖樹の葉で覆《おお》えば防げるのではないか？　前に冬夜が観せてくれた映画で

そんな服があったじゃろ？」

　スゥの言う映画で観た服とは、狙撃手《そげきしゅ》・ハンターなどが山間部などで身を隠《かく》すための迷《めい》彩服《さいふく》、いわゆるギリースーツである。

　モッサモッサとしたその服を思い出し、提案したスゥも含《ふく》めて全員が『いや、それはどうなのか……？』と難色を示す。確かに聖樹の浄化作用に全身を包まれていれば神魔毒（弱）の効果も薄《うす》まるかもしれないが……。

「でも発想は悪くない。聖樹から繊維《せんい》を取り出し、それで糸を作れば……」

「それなら織った布から服を作れます！」

　桜の提案にリンゼが両手を打ち鳴らして声を上げる。裁縫《さいほう》関連なら彼女はお手の物である。なにせ時空神である時江《ときえ》から直接手《て》解《ほど》きを受けたのだ。その技術はすでに達人の域を超《こ》えている。

「ふむふむ、つまり『せんとうすーつ』というやつでござるな？」

「いいですね！　お揃いの戦闘服《せんとうふく》なんて素敵《すてき》ですわ！」

「まずは糸を作って、布地を織ってからですね。神魔毒（弱）の効果を防げるのかどうか実験してみませんと」

　盛り上がった九人の王妃はどんな服がいいか喧々囂々《けんけんごうごう》と話し始めた。かわいい服が、いや機能美を、とかしましいことこの上ない。

未来から子供たちが来て突然《とつぜん》母親となっても、まだ十代の少女。お洒落《しゃれ》にうるさいのはいつの時代も同じと見えた。

◇　◇　◇

金管隊の勇壮《ゆうそう》なファンファーレができたばかりのコンサートホールに響《ひび》き渡る。

次いで弦楽器隊が物語の始まりを表すような美しい旋律を奏《かな》で、それはやがて壮大《そうだい》な行進曲へと変わっていく。

名作ＲＰＧに相応しい、時代を超えて受け継がれる素晴《すば》らしい名曲だ。

この曲を作り上げた偉大な作曲家は『五分でできた』と言っていたそうだが、それは音楽家としての長い経験があってこそだとも言っている。

演奏するオーケストラの前で指揮棒を振るのはヨシノだ。高い台の上で小さな身体を揺らしながら、懸命《けんめい》に指揮を続けている。

今日のためにヨシノは何度も楽団のみんなと練習を繰《く》り返してきた。このわずか数分のために、何十時間も努力してきたのだ。その成果が今こうして表れている。

曲がクライマックスに入り、盛り上がる余韻《よいん》を残して曲が終わると、観客席から万雷《ばんらい》の拍手《はくしゅ》が送られた。

ヨシノが振り返り、観客へ向けてぺこりとお辞儀《じぎ》をする。

僕はもちろん、招待した各国の代表者たちも惜《お》しみない拍手を続けていた。ゼノアスの魔王《まおう》陛下なんぞ、立ち上がって涙《なみだ》を流しながら全力で拍手をしている。孫娘《まごむすめ》の姿に感極《かんきわ》まってしまったようだ。

事情を知っているベルファストの国王陛下やレグルスの皇帝《こうてい》陛下なんかは苦笑《くしょう》しているが、事情を知らないミスミドの獣王《じゅうおう》陛下なんかは『そこまで？』と、びっくりした顔をしている。

未《いま》だ鳴り止《や》まぬ拍手の中、舞台《ぶたい》の袖《そで》から今度は桜が姿を表す。

桜が指揮台の隣に立つと、ヨシノのスマホから光《ひか》り輝《かがや》く鍵盤《けんばん》が現れる。いつのまにか後ろにいた音楽神である奏助兄さんはエレキギターを手にしていた。

二人の楽器が音楽を奏で出す。奏助兄さんとヨシノの前奏のあと、桜が朗々と歌い出した。

この曲はロサンゼルス出身の兄妹《きょうだい》デュオの曲で、楽器を兄、ボーカルを妹が務めていた。妹は若くして亡《な》くなってしまったが、その声は時代を超えて世界の人々に愛されている。

この曲は『世界の頂点』というタイトルだが、歌詞の中では『世界の頂点にいるような心地《ここち》』という感じで使われている。あなたがいるだけで私は幸せ、と彼女はその嬉《うれ》しさを歌っているのだ。

もちろん歌詞は英語のままだからここにいる人たちに意味は通じていないはずなのだが、楽しそうに歌う桜の声につられてか、聞いている観客たちが身体を小さく揺らし出す。

サビの部分でヨシノも歌い出し、二人のハーモニーがコンサートホールに響き渡る。母子ならではの二人のユニゾンが観客の耳を穿《うが》つ。それはまさにタイトル通り世界の天辺《てっぺん》にいるような心地よさを与えてくれる。

やがて曲が終わり、二人が揃って頭を下げると再び万雷の拍手が雨のように降り注ぐ。

魔王陛下もさっきと同じように泣きながら全力で拍手をしていた。いや、さっきよりも酷《ひど》い。鼻水まで出てら……。確かに素晴らしい歌だったけど。

再びヨシノが指揮棒を握《にぎ》り指揮台の上に立つ。拍手が鳴り止み、やがて流れ出した旋律にまたみんなが耳を傾《かたむ》ける。

コンサートホールのこけら落としは大成功だな。

これで国民のみんなももっと音楽を身近に感じてくれればいいんだが。

◇　◇　◇

「ファルネーゼ！　ヨシノ！　お前たち、最高だったぞ！」

「えへへ、ありがとう～」

「もうわかったから。何度もウザい」

コンサートの後に行われた城でのパーティーで、ゼノアスの魔王陛下がまた号泣《ごうきゅう》していた。孫と娘《むすめ》の反応が真逆でなんとも微妙な感じだ。

桜の言う通り、何度も何度も同じことを繰り返されてはウザいと思っても仕方ない。僕もウザいと思う。口には出さないが。

本来国家代表を集めたこういったパーティーには子供たちは参加させないのだが、今回だけは特別だ。

そもそもこのパーティーはいつもの首脳会議《サミット》ではなく、親睦会《しんぼくかい》であるからコンサートにも各国の重臣や王家の子供たちを呼んでいた。

世界同盟に参加している国々も東西の大陸合わせて三十国を超え、それに伴《ともな》って招待客も増えた。いったい何百人呼んだんだ……？

王様とか代表の人たちはもちろん覚えているが、その下の大臣とかとなると正直言ってうろ覚えの人も多い。

「公王陛下。この度《たび》は素晴らしい曲をお聞かせいただき、ありがとうございました。我が国でもいつかこちらの楽団をお招きしたいものです」

おっと、そうしているうちに来たよ。名前のわからない偉《えら》い人……。カイゼル髭《ひげ》でもないし、片眼鏡モノクルをしているわけでもない、ごく普通《ふつう》の年配の方……。えーっとこの人は……。

《主《あるじ》。ガルディオ帝国のローゼルス卿《きょう》です》

「ありがとうございます。ローゼルス卿。機会があればガルディオ帝国にも伺《うかが》いたいと思っています」

琥珀《こはく》からの念話を受け、あたりさわりのない笑顔《えがお》で答えることができた。あっぶな……。

ちら、と横目で見ると、琥珀を抱《だ》いたシェスカがこちらへ向けてサムズアップしているのが見えた。

人造人間なだけあって、記憶力《きおくりょく》だけはいいからな、あいつ……。おかげでこういった裏《うら》技《わざ》も使えるわけだ。

パーティー会場に目を向けると、東の果ての神国イーシェンと西の果てのオルファン龍《りゅう》鳳《ほう》国の代表二人が仲良く歓談《かんだん》している。

二国は似通った文化があるから、話が弾《はず》むのかもしれないな。

「ん？」

ふと視線の先でクーンとアーシアがどこかの子供たちと談笑《だんしょう》しているのが見えた。周りはみんな同年代の女の子たちで、見覚えがないからおそらくどこかの国の重臣の御令嬢《ごれいじょう》たちかと思われる。

あの二人は（内面は隠しつつ）そつなく貴族令嬢《れいじょう》としての対応ができるから安心だな。猫《ねこ》を被《かぶ》るのがうまいとも言うが。

子供たちは僕の親戚《しんせき》ということになっているので、ブリュンヒルドの貴族令嬢という扱《あつか》いだ。きっと今回のコンサートの話なんかで盛り上がっているのだろう。

と、そこに三人の貴族令息たちが近寄っていく。こちらも同年代くらいだ。なんだ？ナンパか？

うちの娘に粉かけようなんざ、百年早いぞ……？

邪魔《じゃま》しに行ってやりたいが、立場上しゃしゃり出るわけにもいかず、睨《にら》みつけるだけにとどめる。こんなことなら誰か護衛に付けとくべきだったか。

三人の貴族の令息たちは女子グループに何やらペラペラと話しかけているが、彼女たちの反応は薄い。男子の得意げな表情に反して、彼女たちはにこやかにしているが、目が笑っていないのがわかる。

というか、わからんのかな？　あいつら……。明らかに会話がスベっているとなぜ気がつかないんだろう……？　どうやら何か自慢話《じまんばなし》をしているように見える。完全にウザがられているぞ。

普通にしているけど、あれクーンもアーシアもけっこうキてるよな？　クーンの足元にいるメカポーラことパーラの、手に仕込《しこ》まれたスタンガンが小さくパチッ、と光ったのを僕は見た。いやいや、さすがにそれはマズいからな⁉

止めた方がいいかと僕が逡巡《しゅんじゅん》していると、突然令息たち三人のズボンが落ちて、派手なパンツが女の子たちの前で丸出し状態になる。

「うわわっ⁉」

「きゃあっ⁉」

女子の悲鳴に慌ててズボンを引き上げ、真っ赤になりながらそのまま部屋を出ていく三人。

その後ろ姿を見ながら、手にしたいくつかの小さな金具をアーシアが床《ゆか》に捨てるのを僕は見た。そしてそれを証拠隠滅《しょうこいんめつ》とばかりにこっそりと回収するパーラ。

あれってベルトの留め金か……？　アーシアめ、【アポーツ】で引き寄せたな？　なんてことを……。よくやった。グッジョブ。

女の子たちに笑顔が戻《もど》り、再びくすくすと笑い合う。そして先ほどの男たちのことなど忘れたかのようにまた談笑を始めた。

「容赦《ようしゃ》ないよね、冬夜の娘たちって」

「敵に容赦する必要はないだろう？」

「敵って。ホントそこらへん似てるよね……」

いつの間にか隣《となり》にいたエンデが僕に軽口を叩《たた》いてきた。一部始終を見ていたらしい。

今回のパーティーにはこいつも警備の一人として参加している。人数が人数だからな。

だがこいつがこの仕事を引き受けたのは別に理由がある。

お？　そろそろその理由が来るようだ。

パーティー会場に軽《かろ》やかな音楽が流れ始める。ヨシノの指揮でオーケストラの演奏が始まったのだ。

その音楽に合わせてダンスを始める何人かの男女たち。その中に一際《ひときわ》小さなカップルがいた。

久遠《くおん》とアリスである。

アリスが本番でちゃんと踊《おど》れるか、今日のこのパーティーでダンスの試験というわけだ。別に間違《まち》えたところで罰《ばつ》があるわけでもない。久遠もアリスも一国の王子とその婚約者《こんやくしゃ》としての参加ではないので、周りの目もそれほど厳しくはないはずだ。

音楽に合わせて華麗《かれい》なステップを踏む二人。眩《まぶ》しい笑顔で踊るアリスが、ごく普通の貴族令嬢に見える。いや、それ以上だ。化けたなあ……。

幼い美少年美少女の見事な踊りに、周囲からは感嘆《かんたん》のため息が漏れる。……僕の横からは歯軋《はぎし》りと舌打ちが聞こえるのだけれども。

小さく悪態をつきながらも、隣の馬鹿親父《ばかおやじ》は娘の踊る姿を手にしたスマホで動画に収めていた。あとで奥さんたちに見せるのだろう。

大人たちに交ざってくるくると踊る久遠とアリス。久遠は燕尾服《えんびふく》、アリスはアイスブルーのイブニングドレスがよく似合っている。王子とその婚約者として申し分のない踊りだ。

ふと向こう側にいるダンスの教師であるルーと視線が合うと、彼女もグッとサムズアップをかましてきた。どうやら合格点らしい。

曲が終わり、みんながダンスを終えて一礼すると、周囲から拍手の雨が降り注ぐ。

隣の親父《おやじ》も動画を止めて拍手をしていた。泣きながら。泣くなや。魔王陛下といい、こいつといい、ほんとにもう……。

「アリスがとても美しく輝いている……！　でもその魅力《みりょく》を引き出したのが冬夜の息子《むすこ》だってのが気に食わない……！」

「お前とは一度腹を割って話す必要があるな」

ホントにこいつ、将来魔王陛下みたいになるぞ。魔王ルート一直線だ。久遠も苦労するなぁ……。

「娘の彼氏《かれし》くらい平然と受け入れる度量を持てよ」

「そのセリフ、絶対忘れないからね！　僕が将来、冬夜に八回言ってやるよ！」

「おま……！」

この野郎《やろう》、人が考えないようにしていることをズケズケと……！　あぁ!?　やるか!?

「なに睨み合ってんのよ。みっともないからやめなさい」

ガルルル……！　と睨み合っていた僕らをべりっと引き離《はな》すエルゼ。今日ばかりはドレス姿である。

ふと周りを見るとなんだなんだと少し注目を浴びていた。

僕らは苦笑いを浮かべながら、『なんでもないです、お騒《さわ》がせしましたー』と小さく頭を下げた。

「どうせまた子供絡《がら》みでしょ。アンタたち、いつまで経《た》っても子離《こばな》れできそうにないわね」

エルゼが呆れたようにため息をつきながら首を左右に小さく振った。いや、本当はまだ生まれてもいないのに、子離れするのは早すぎるだろ。

エルゼのセリフに少しカチンときたのか、エンデが反論する。

「エルゼだって人のことは言えないだろ。最近エルナをデレデレとずっと甘《あま》やかしてるらしいじゃないか」

「なに言ってるのよ！　エルナは本当にいい子なのよ!?　甘やかしてなにが悪いのよ！」

「そうだそうだ！　なにが悪い！　エルナはいい子なんだぞ！」

「あれ!?　冬夜君そっち側!?」

エンデが裏切られた！　みたいな目で見てくるが、馬鹿《ばか》め！　お前とエルナじゃ比べ物にならん！　おとといきやがれ！

「三人ともなにやってるのよ……」

先ほどのエルゼと同じ、呆れた目をしてリーンが割《わ》り込《こ》んできた。足下《あしもと》には『やれやれ……』と肩《かた》をすくめるポーラの姿が。こいつ……。

「あまりブリュンヒルドの恥《はじ》になるようなことはしないようにね。子供たちが上げた評価を親が落とすなんてありえないから」

ダンスを褒《ほ》められて、人だかりに囲まれている久遠とアリスをリーンが視線で示す。

さすがに僕ら三人もしゅんとしてしまった。いかんいかん、子供たちに手本となるような行動をせねば。

「さ、ダーリンもこんなところでたむろしてないで挨拶《あいさつ》回りに行ってきなさい。それが王様のお仕事よ」

「へーい……」

リーンに背中を押《お》されるようにして僕はパーティー会場を歩き始める。とりあえずお義父《とう》さんたちから回るか。

「おー、冬夜殿！　いい演奏会だったな！」

すでに一杯《いっぱい》ひっかけているベルファスト国王陛下が、僕を見つけるなり、挨拶代わりにワイングラスを持ち上げてきた。

ちょうどレグルス皇帝陛下と一緒《いっしょ》にいたので軽く挨拶を返す。二人とも笑顔で満足そうにしていた。

「それに先ほどの久遠のダンスは見事だった。さすが我《わ》が孫……、っと、これは内緒《ないしょ》だったな」

ワインのせいか口を滑《すべ》らせかけたベルファスト国王陛下が誤魔化《ごまか》すようにぐいっとグラスを呷《あお》る。

「ベルファスト国王、久遠殿《くおんどの》にダンスを教えたのはルーシアだぞ。上手《うま》くなって当たり前ではないか。さすが我が娘よの」

うーむ、このパーティー、親バカ爺《じじ》バカが多くないか？　お前もだって？　はっはっは、またまたご冗談《じょうだん》を。

「それはそうと、冬夜殿。さっきザードニア国王から聞いた話なのだが、気になったことがあってな。フレイズらしき姿が目撃《もくげき》されたという話があった」

「フレイズが？」

ベルファスト国王陛下の発言に、僕《ぼく》は驚《おどろ》いて目を開く。

え？　ちょっと待って。フレイズは全部邪神のやつに取り込まれて変異種になってしまったはずだ。生き残りがいた？　あのあと世界中を検索《けんさく》したはずだけど……。

「うむ。そう聞いていたからな。なにぶん目撃者《もくげきしゃ》は吹雪《ふぶき》で遭難《そうなん》した商隊らしく、あまりの疲労《ひろう》で幻《まぼろし》を見たか、氷系の魔獣《まじゅう》か魔物《まもの》を勘違《かんちが》いしたのではないかという話だ。一応、耳に入れておこうと思ってな」

氷国ザードニアは氷と雪に覆われた氷雪地帯だ。確かに氷柱《つらら》を背中に背負ったアイスタートルなんて亀《かめ》の魔獣もいる。

そいつをフレイズと見間違《みまちが》えた、なんて可能性は大きい。

そもそもフレイズがいるのなら、そいつらを統率《とうそつ》する支配種、さらに彼《かれ》らの王（元、だが）であるメルたちが気がつかないはずがない。

「うむ。やはり見間違いか。またあの時のような大侵攻《だいしんこう》が始まる前触《まえぶ》れなのかと少し不安になってしまったよ」

ベルファスト国王陛下には『大丈夫《だいじょうぶ》ですよ』と返しておいたが、本当にそうなのだろうか？

結晶界《フレイジア》から後発のフレイズたちがこの世界へ来ているのでは？　拭《ぬぐ》いきれない懸念《けねん》が指先に刺《さ》さった棘《とげ》のように僕の心に残る。

まあ、それが本当にフレイズだとしても、支配種であるメルたちがいればどうにでもなるのだが。

スマホを取り出し、フレイズを世界中で検索してみる。

『検索結果は０件でス』

……いないな。結界の中にいたり、護符《アミュレット》なんかを持っていたら弾かれるだろうけど、フレイズが持っているわけないし。やっぱり見間違いか。

でも一応気になるからザードニアの国王陛下に話を聞いてこよう。

氷国ザードニアのフロスト王子……もとい、もう国王陛下か。は、隣の炎国《えんこく》ダウバーンの若き国王陛下と仲良く談笑していた。

この二人は先代がバチバチとやり合っていたのが嘘《うそ》のように仲がいい。まあ、お互《たが》いの婚約者が姉妹だってこともあるんだろうけど。

今日はその婚約者のお二人も一緒にパーティーに参加していた。

「やあ、公王陛下。この度はご招待いただき、ありがとうございます」

「素晴らしい演奏でした。いつかうちの国にもご招待したい」

僕が顔を見せると、ザードニア、ダウバーン両陛下が挨拶をしてくれた。隣に立つ二人の婚約者である聖王国アレントの王女姉妹もカーテシーで挨拶を返してくれる。

しばらくはなにげない世間話や近況《きんきょう》報告などを交《か》わし、ほどよいところでザードニア国王陛下にフレイズのことを聞いてみた。

「ザードニアも精霊様のおかげで少しずつ住みよい気候になりつつあるのですが、それでもまだ極寒《ごっかん》の地はありまして。その地方で遭難した商隊が、吹雪の中で氷のような透《す》き通った大きなカタツムリを見たと言うんです」

氷のカタツムリ。確か極寒地方の魔獣で、『コールドスネイル』っていう氷の殻《から》を背負ったカタツムリがいたような気がするが。

「コールドスネイルは私も見たことがありますが、大きさが大きくても一メートルほどです。目撃されたそのカタツムリは大きさが三メートル以上もあったと彼らは言っているのですよ」

三メートル以上か。それは大き過ぎるな。巨獣《きょじゅう》化している個体だと言えなくもないが……。

「中でも気になったのは商隊の一人の証言でして……。透き通った氷の殻の中に、青く丸い核《かく》があったように見えたと……」

「核が？」

それは……。やっぱりフレイズの生き残りなのか？　見間違いの可能性もあるけど……。

たとえフレイズだったとしても、支配種であるメルたちがいる限り、彼女《かのじょ》たちに逆らうことはできないはずだ。大丈夫……だと思いたい。

ザードニア国王陛下たちと別れ、再び始まったダンスをする男女を眺《なが》めながら、目撃されたフレイズのことを考えていると、目の前にスッとドレス姿のユミナが現れた。

白いイブニングドレスのユミナが微笑《ほほえ》んで僕に手を向けてくる。

「旦那様、ご用事が済んだのなら一曲踊ってくれませんか?」

「……えーっと、息子ほどうまく踊れないんですが、それでもよければ」

僕はユミナの手を取って、ドレスの大輪が舞《ま》うダンスフロアへと向かっていった。

◇◇◇

「ヘーゼルもオーキッドもやられちゃったじゃない。アンタの作戦、全然ダメじゃないのよ」

「まさかこんなに向こうの行動が速いとは思わなかったんですよ。三人のうち、最悪誰《だれ》かは戦う羽目になるかもとは思っていたのですけど」

タンジェリンの嫌味《いやみ》にインディゴは淡々《たんたん》と答える。タンジェリンの方も責めるような口調ではなく、どこか面白《おもしろ》がっているような口調であった。

彼らの間に仲間意識というものは無い。お互いがお互いを利用できる駒《こま》として見ている。その駒が死んだとしても、まだ使えたのに惜しいと思いこそするが、それ以上の感情はなかった。

「ヘーゼルとオーキッドは無駄死《むだじ》にね。かわいそうに」

「無駄《むだ》ではない。向こう側のかなり有益な戦闘《せんとう》情報を得ることができた。これを活《い》かせば次のキュクロプスはより強力なものができる」

ペストマスクを被ったスカーレットが、ヘーゼルとオーキッドのキュクロプスから送られてきた二回の戦闘データを見ながらタンジェリンに答える。

「ふん、どうだか……」

つまらなそうにタンジェリンが吐《は》き捨てる。

『方舟《アーク》』の一室であるこの部屋はスカーレットの研究室のように改良されていた。

『方舟《アーク》』には稀代《きたい》のゴレム技師であるクロム・ランシェスの遺《のこ》した魔導具《アーティファクト》はもとより、作業補助を行うゴレムも遺されていた。

それらを手足のように使い、スカーレットは次のキュクロプスの設計に入る。もはや彼の頭の中からはそれ以外のことは完全に消え失《う》せていた。

タンジェリンの方もスカーレットに興味を失ったのか、あたりをキョロキョロと窺《うかが》う。

「ゴルドはどこに?」

「隣の部屋にいますよ。相変わらず『核』にご執心《しゅうしん》のようだ」

インディゴの言葉を受けて、タンジェリンが自動ドアを開き隣の部屋へと入る。薄暗《うすぐら》い部屋の中で、ガラスでできた大きな円筒形《えんとうけい》の物体の前に、金色の小さなゴレムが佇《たたず》んでいるのが見えた。

円筒形の中は薄紫色《うすむらさきいろ》の液体で満たされ、その中心にはゴルフボールほどの金平糖《こんぺいとう》のようなトゲトゲした物体が浮かんでいる。

小さな黄金のゴレムはただそれをずっと見上げていた。前に見たのと同じ光景にタンジェリンから呆れたため息が漏れる。

「まったく……毎日飽《あ》きもせずによく見てられるわね。本当にそれがあたしたちの切り札になるのかしら？」

『……ナル。今ハマダ眠ッテイルガ、コレガ目覚メレバ……』

タンジェリンの声に振り向きもせず、掠《かす》れるような機械音声が小さなゴレムから放たれる。

「それが本当なら早いところ目覚めてほしいわねぇ。こちらの手駒《てごま》がなくなる前に」

タンジェリンの嫌味を含めた言葉に、『金』の王冠《おうかん》である彼は黙《もく》して語らなかった。

第三章　神器完成

「私たち以外のフレイズがまだこの世界にいるか……ですか？」

先日、ザードニア国王陛下から聞いたフレイズの目撃情報が気になったので、僕は直接フレイズの元『王』であるメルのところへと聞きに来ていた。

「可能性は低いと思います。もしもこの世界にフレイズが現れたなら、それが放つ『響命音《きょうめいおん》』を私たちが逃《のが》すはずがありません」

「でも結界なんかに阻《はば》まれていたら聞こえないってこともあるよな？」

無理矢理《むりやり》すぎるが、大きくて強力な結界の張られたところ……例えばどこかの王城とかに出現したらわからないよね？

「それはかなり無理がありませんか……？」

「いやまあ、僕もそう思うけど……」

メルに、なに言ってんの？　みたいな目で見られ、僕もさすがに無理があるかと考え直す。

そんなところにフレイズが出現したら大騒《おおさわ》ぎになっているはずだからなあ……。

「仮死状態であるなら『響命音《きょうめいおん》』はしないのでわかりませんが……」

それって魔力《まりょく》を使い果たして封印《ふういん》されたようなやつだよな？　僕らがベルファストの遺《い》跡《せき》で初めて発見したコオロギ型のフレイズみたいな。

あいつは五千年前、いや、千年前だったか。千年前にベルファストに現れたフレイズたちの生き残りだ。

正確には千年前に『赤き民』アルカナ族によってその恐《おそ》ろしさを伝えるために後世に残されたものだった。

あの状態ならメルたちも感じることはできないのだろうけど、ザードニアで目撃されたそのカタツムリは動いていたっていうしな……。

僕がうーん、と腕《うで》を組んで唸《うな》り出すと、メルが思い出したように口を開いた。

「ああ、もう一つ可能性がなくはないんですけど……」

「ほう。それは？」

「『作られた』フレイズなら『響命音《きょうめいおん》』はありません」

作られた？　どういうことだ？　確かフレイズって単体で子供（次代の核）を生むって話だったよな。で、支配種だけは男女で融合《ゆうごう》した核を生み出せるとか前にエンデから聞いたけど。

「あ、【プリズマディスの儀《ぎ》】とやらで作った結晶獣《けつしょうじゅう》のことか？」

久遠《くおん》と戦ったあの水晶《すいしょう》のキメラみたいなやつ。僕がそう口にすると、メルの隣にいたネイが小さく首を横に振《ふ》った。

「あれも確かに作り出されたものだが、我ら支配種しか生み出せぬやつだし、『核』がないので厳密にはフレイズではない。生み出した支配種の命令しかきかんから、兵士としてはあまり役に立たんのだ」

「そうでなく、支配種の力を使わずにフレイズの核を人工的に量産し、フレイズとはまったく違《ちが》った結晶進化をした兵士を作るという計画があったのです。私の知っている限りでは成功はしませんでしたが」

よくわからないが、フレイズじゃないものを作り出そうとしていたってことかな？　だから『響命音』がない？

「これは関係あるかはわかりませんが……結晶界《フレイジア》でその計画を主導していたのは、あのユラです」

「あいつか……」

フレイズを邪神に売り渡《わた》し、メルの力を、そしてこの世界を手に入れようとした支配種。

僕にしてみれば邪神《じゃしん》に騙《だま》された間抜《まぬ》けな男って印象しかないが、結晶界《あっち》じゃ天才って呼ばれてたらしいからな。

そのユラが残したなにか……の可能性もあるってことか。

目撃されたのがその人工フレイズだとして……『響命音《きょうめいおん》』が聞こえないのはわかるが、僕の検索魔法《けんさくまほう》でも探せないってのはどういうことだ？　僕の検索魔法は見た目がフレイズっぽいなら、それでフレイズだと判断するはずなのに。

わからんことだらけで嫌《いや》になる。

「人工フレイズ……結晶界《フレイジア》ではクォースと呼んでいましたが、私が結晶界《フレイジア》を出たあと、その計画がどうなったかまではわかりません。ユラが完成させたかどうかも……」

言い淀《よど》むメルに隣にいたネイが言葉を継《つ》いだ。

「確かその計画は頓挫《とんざ》したはずです。メル様がいなくなり、ユラの研究は世界を渡る方法を見つけることに移行しましたから」

なるほど。すると人工フレイズ……クォースだったか？　その量産計画は中止になったと。

「ユラ自身もその計画からは完全に手を引いたはずだ。もしそれが完成していたならば、この世界はもっと荒《あ》らされている」

ネイが縁起《えんぎ》でもないことを言い出す。五千年前に千年前に今回と、暴れるだけ暴れといてなにを言うか。

検索魔法に引っかからなかったことを踏《ふ》まえても、やはり氷の魔獣を見間違えたとしか思えない。

『コールドスネイル』で検索するとザードニアの極寒地方にかなりの数がいるし。大きさは巨獣化しかかってたってことで説明がつく。

とりあえずこれ以上は答えが出ないので棚上《たなあ》げするしかない。なんともモヤモヤした気分になる。

「ところで冬夜《とうや》さん。アリスの淑女《しゅくじょ》教育の方はどうですか？」

「ん？　ああ、ユミナたちの話ではすごく覚えがいいってさ。ダンスにマナー、一般《いっぱん》教養に至るまで次々と吸収していくから教えがいがあるって」

「うむ！　そうだろう、そうだろう！　アリスは我らの娘だからな！」

僕の言葉にネイが自分のことのように胸を張る。こいつも変わったよなあ……。昔はナイフみたいに触《ふ》れたら切れるような殺気を纏《まと》って殺伐《さつばつ》としてたのに。子供の力って偉大《いだい》だな。

「あの子はやると決めたら、目的に向かって一直線に突《つ》き進《すす》む性格ですね。他《ほか》のことなどどうでもよくなるほど視野が狭《せま》くなるのは考えものですけれど……」

「結晶界《フレイジア》も『王』の地位も捨てて、エンデミュオンと突っ走ったメル様にそっくり」

「な⁉ リセ！ それを言っちゃぁ、おしまいですよ⁉」

今まで黙《だま》っていたリセにそんなふうに突っ込まれ、メルが顔を赤くする。確かに似てら。やると決めたらとことんやる。そういった一途《いちず》さがこの母娘《おやこ》にはある。

「だけどこのところ、毎日勉強ばかりでアリスは少し元気がない」

「うむ。それは確かに。昨日などカレーを二杯しか食べなかった。精神的にも疲《つか》れているのかもしれぬ」

リセの言葉を受けてネイが小さく頷《うなず》く。

え、カレー？ あ、いや、それって昨日のお昼にうちでカレーを食べたからじゃないかな……。家に帰ってまた同じものを食べるのは僕もちょっとツラいかもしれん。昨日はお昼遅《おそ》かったし。それでも二杯も食べるのはすごいと思うけど。

メルも頬に手を当て、困ったような表情を浮《う》かべる。

「なにか気晴らしでもできればいいのですけど……」

「この間の海みたいな？ あ、あれは邪神の使徒のせいで面倒《めんどう》なことになったか……」

「あれはあれで楽しかったみたいですけど。エンデミュオンの方はぐったりしてましたが」

エンデも神魔毒《しんまどく》（弱）の効果を受けていたからなあ。アリスとしては思う存分竜騎士《ドラグーン》を動かせたんだから、さぞかしご満悦《まんえつ》だったのだろう。

やっぱり淑女然としているより、元気いっぱい跳《は》ね回っていた方がアリスらしいよな。王妃《おうひ》となるなら淑女教育は外せないが、なにもそれでアリスの性格を変えようというわけじゃない。公私を切り替《か》えられるようになってほしいってだけだ。

小さくため息をついたネイがちょっと僕を睨む。

「こういう時こそ婚約者であるお前の息子がアリスを慰《なぐさ》めるべきではないのか？　なにか贈《おく》り物をするとか」

おっと、矛先《ほこさき》が婚約者のお父ちゃんに来ましたよ？　久遠はよくフォローしている方だと思うけど。『あの気配りは冬夜にはないものじゃのう』なんてスゥに言われましたからね。出来のいい息子を持つと、お父さんは鼻が高いやら、肩身《かたみ》が狭いやら……。

しかしアリスが元気がない、か。確かにいろいろと短期間で詰《つ》め込み過ぎだよな。この前のパーティーでダンスも見事に披露《ひろう》できたわけだし、なにかご褒美《ほうび》があってもいいよな。

アリスが喜びそうなもの……。久遠の一日貸し出し権とか？　いやいや、息子をレンタルさせちゃいかんな。

「アリスになにかご褒美をやるとして、なにをすれば喜んでくれるかな？」

「久遠を一日貸し切りにすればアリスは喜ぶ」

「……それ以外で」

リセがドヤ顔で答えるが、それはもう脳内却下《きゃっか》したから。

「アリスの好きなものか……。甘いお菓子《かし》なんかは好きだが」

「甘いお菓子ねえ……」

ネイの提案も悪くはないと思うが、ちょっと安すぎる気もする……。

それに淑女教育のレッスンが午後にまで及《およ》ぶ日なんかは城でおやつが出てるし、いまさら感がある。

「服などは？」

「うーん、今回のパーティー用にドレスを買ったばかりだからなあ……」

久遠の婚約者だからというわけではないが、今回のパーティーにアリスが着たドレスやら靴《くつ》やらは僕のポケットマネーから出ている。

記念にということで、そのドレスはそのままアリスに進呈《しんてい》したから、あれがご褒美とも言えなくもないのだが……。

「うーん、なにをしてあげればいいのやら。難しいな……」

「なら、本人に聞けばいいのではないか？」

「あ」

なにげないネイの言葉に、僕はなるほど、と納得《なっとく》する。

なんとなくサプライズを考えていたが、やっぱり本人に聞くのが一番だよな。

欲《ほ》しいもの、やりたいこと、行きたいところ、なにかしらの希望はあるだろう。できるできないはそれから考えればいい。

うん、そうと決まれば直接本人に聞いてみよう。

◇　◇　◇

「ご褒美?」

「そう。なにか欲しいものとかしてほしいこととかないか?」

城で今日のレッスンを終え、迎《むか》えに来ていたエンデとともにいたアリスに、僕はストレートに希望を聞いてみた。

「久遠を、」

「久遠を一日貸し出しってのは無しで」

アリスのセリフを先んじて止めると、むう、と彼女は眉根《まゆね》を寄せた。

一緒にデートとかそういうこと自体は構わないのだが、ご褒美として僕が久遠に命じるとかそれは違うだろう。

「僕は構いませんが……」

「いや、それはまた別の話だから」

僕は隣にいた久遠にきっぱりと断る。

久遠が承諾《しょうだく》し、自らの意思でアリスとデートしたとしても、それは僕らからのご褒美にはならない。それは久遠からのご褒美だ。それは久遠が自分でやればいい。

うーん……と首を傾《かし》げて考《かんが》え込んでいたアリスだったが、やがて『あ』と何かを思いついたのか軽く手を叩いた。お、なんだ？

「あのね、ボク武流《たける》様に武術を教えてほしいんだけど、」

「な!?　アリス！　命を粗末《そまつ》にするんじゃない！」

アリスの言葉を聞いた瞬間《しゅんかん》、武流叔父《おじ》の弟子《でし》であるエンデが発狂《はっきょう》する。いやお前、マジで武流叔父になにされたんだよ……。

いくら武流叔父でも死ぬようなことはさせないだろうに。……その一歩手前ならあるかもしれんが。

武神である武流叔父は剣神である諸刃《もろは》姉さんと同じく、強さの基準がおかしいからなぁ……。あの人らの『ちょっと』はとんでもないレベルだから……。

「未来《むこう》じゃ教えてもらったりできなかったのか？」

「武流様は武者修行《むしゃしゅぎょう》とかであんまりブリュンヒルドにいなかったし、お父さんがこんなふうに止めたりで教わる機会がなかったんだよ」

ああ……。あの人ふらりとどっかに行っちゃうからな……。そんでいつの間にか戻ってきてたりする。最近だとラーゼ武王国に行ってたみたいだ。

あの国は武を尊ぶ国だから脳筋が……こほん、腕に覚えがある者が多く、またそれにともなっていろんな流派も多い。

武流叔父は珍《めずら》しい格闘《かくとう》術を見たくて、道場破り的なことをしてたらしい。あまりよその国に迷惑《めいわく》をかけるのはやめてほしいんだが……。

まあラーゼの武王陛下は、正々堂々と戦っての結果ならば他人が口を挟《はさ》むことではない、と言ってくれたけどさ。

武流叔父ならちょうど帰って来ているはずだ。アリスのことを頼《たの》むのは問題ないんだけど……。

ちら、とエンデの方を盗《ぬす》み見ると、『ダメ！　やめて！』と言わんばかりに首を高速で左右に振っていた。

気持ちはわかるけどさあ。一応これアリスへのご褒美だから……武神に鬼《おに》の修行《しゅぎょう》をしてもらうことが、ご褒美になるのか僕にはわからないが……。

「弟子入りしたいってわけじゃないんだよな？」

「ううん、前ならそう考えたけど、ボクにはやることがあるから」

やることってのはこの国の王妃になるための教育だろう。ここまでうちの国、いや、うちの息子に尽《つ》くしてくれているんだぞ？　断るなんて僕にはできない。

弟子に取るのでなければ、武流叔父だってそこまでキツい修行をしたりはしないんじゃないかな？　実際うちの騎士団《きしだん》の連中だってときどき揉《も》んでもらってるし。

となると問題はこの親父《エンデ》だな。なんとか言いくるめないと……。

「えーっと、武流叔父に教えてもらうにはまだアリスは実力が足りないと思う」

僕がそう言うと、アリスは少し拗《す》ねたような表情を浮かべ、反対にエンデは、その通り！とばかりに深く頷いていた。

「だからエンデと武流叔父が戦うところを見学するってのはどうかな？　見て技を盗むのも修行の一つだと思うけど」

「っ、なっ、ぬっ⁉」

深く頷いていたエンデが真っ青な顔をして目を見開きこちらに顔を向ける。まあ当然だわな。娘《むすめ》の前でボコボコにされるのは確実なのだから。

「ちょ、ちょちょ、ちょっと冬夜君、それはどうかと僕は思うなあ⁉　あ、あまりにもレベルの高い戦いは自信を無くすかもしれないっていうか、身《み》の丈《たけ》に合わない余計な考えは成長を阻害《そがい》するっていうか⁉　やっぱり地道な訓練こそが大事なんじゃないかと！」

「なるほど。それじゃやっぱり武流叔父にきちんと丁寧《ていねい》に教えてもらう方がいいか」

「そうだね！　あ、いや！　それもどうかと……！」

エンデがゴニョゴニョと言葉を濁《にご》すがもう遅い。言質《げんち》は取った。

「よし、じゃあアリス。武流叔父に頼みに行こうか」

「うん！　やったー！」

「ぐぬぬ……！」

苦虫を噛《か》み潰《つぶ》したような顔をしたエンデを残し、僕らは武流叔父のいる訓練場へと足を向けた。

「ふむ。構わんぞ。今日はちょうど騎士団の訓練用に面白いものを使おうと思っていたのでな。その合間にならアリス嬢《じょう》の相手をしてやれる」

訓練場にいた武流叔父は僕が事の経緯《けいい》を説明すると、あっさりと受け入れてくれた。

しかし、騎士団の訓練用に使う面白いもの？　なんか不穏《ふおん》な空気を感じるのだが。

騎士団のみんなもなんとなく雰囲気《ふんいき》がどんよりとしている。

基本的に騎士団の剣を使った訓練などは諸刃姉さんが担当しているのだが、体力強化、及び格闘術は武流叔父が教えてたりする。

もっとも武流叔父の方は気が向いた時だけという、突発的《とっぱつてき》な訓練ではあるのだが。

騎士《きし》に格闘術が必要なのかというと、案外これが馬鹿にできない。

町を見回っていれば、相手を傷付けずに無力化しなければいけない状況《じょうきょう》はけっこうあるからだ。酔《よ》っ払《ぱら》い同士の喧嘩《けんか》とかね。

それといざというとき、武器がない状況でも戦える術は持っていた方がいい。そんなことも想定して武流叔父に臨時講師となってもらっている。

◇　◇　◇

が、その訓練方法がなかなかに個性的であるという噂《うわさ》なんだが……。

「今日の訓練はこいつを使おうと思ってな」

武流叔父が収納魔法《まほう》で訓練場に取り出したものをみて、その場にいた全員の表情が凍《こお》りついた。

ライオンの胴体《どうたい》に蠍《さそり》の尾《お》、蝙蝠《こうもり》の羽に猿《さる》の顔がついた魔獣《まじゅう》がいくつもの黒い鎖《くさり》で地面に縛《しば》り付けられている。

魔獣は大きく口を開けてなにかを叫《さけ》ぼうとしているのだが、その口には口枷《くちかせ》のようなものが嵌《は》められており、声にならない声が漏《も》れるだけであった。

「武流叔父、これは……」

「マンティコアだな。ラーゼ武王国で暴れていたのを捕獲《ほかく》してきた。なかなかに力も強いし、火を吐いたり、魔法も使う厄介《やっかい》な魔獣だぞ。さらにこいつは人肉を好んで食う人喰《く》いだ」

『げっ⁉』と、騎士団のみんなから悲鳴が漏れる。おいおい、うちの城に人喰いの魔獣なんかもってくんなよ⁉

どよめく騎士団のみんなを無視して、武流叔父は小石を拾い、ビッ、ビッ、と指弾《しだん》でマンティコアの翼《つばさ》の骨を両方とも折った。

「とりあえず飛べなくはしておく。冬夜、訓練場を【プリズン】で囲め。マンティコアだけ出られんようにしろ」

僕は言われるがままに【プリズン】を訓練場に展開させた。

マンティコア以外なら自由に出入りできるから、危なくなったら外に逃《に》げればいい。

今、訓練場にいる騎士の数は三十人ほどだけど、大丈夫かね……？

【プリズン】の中に三十人ほどの騎士と鎖で縛り付けられたマンティコアだけが残された。

「今回は武器を使ってもいいぞ。そうだな、二十分だ。二十分で仕留めるように」

『えっ？』

時間制限あんの⁉　と騎士のみんなが目を逸《そ》らした瞬間、マンティコアの鎖と口枷がバキンと砕《くだ》けて消えた。

『ガァアアアアアア！』

「うぉぉぉぉ⁉　こ、こっち来た⁉」

「隊列揃《そろ》えろ！　盾《たて》構え！」

「火ぃ吐いた！　怖ぁ！」

マンティコア相手にみんなはなんとか力を合わせて対抗《たいこう》する。相変わらずこの武神様の修行はスパルタ過ぎる……。

「面白そうだなぁ……」

「いやいや、面白くないから。断じて」

【プリズン】の中を覗《のぞ》き見るアリスの呟《つぶや》きに思わず突っ込《こ》んでしまう。悲鳴を上げながら逃げ惑《まど》う彼らを見て、なんでそんな感想が出るのか。

「では向こうが片付くまでアリス嬢の訓練をしようか。まずは手合わせでいいか？」

「はいっ！　よろしくお願いします！」

目をキラキラさせて返事をするアリスとは反対に、顔を青褪《あおざ》めさせてオロオロとするエンデ。

大丈夫だって。ああ見えて武流叔父は女の子には優《やさ》しく気遣《きづか》いのできる神様らしいぞ。エルゼからも厳しいとは聞くが、怖《こわ》いとは聞いてないから。

「やあああぁぁぁぁぁぁっ！」

まずは軽く……と思いきや、最初から全力で武流叔父に向かっていくアリス。武流叔父の方は慌《あわ》てることなくその攻撃《こうげき》を楽しそうに受け流していく。

うーむ、本当にこれがご褒美になるんだろうか……。

「楽しそうですね」

「まあ、確かにね……」

久遠《くおん》の言う通り、アリスはものすごく楽しそうだけどさあ。本当にいいのだろうか、これで……。

「最近少し元気がなかったので、いい気晴らしになると思います。ありがとうございます、父上」

久遠にお礼を言われてしまった。まあ、本人が楽しそうならＯＫかな……。

だけどアリスが武流叔父に吹《ふ》っ飛ばされるたびに、飛び出そうとするエンデを僕《ぼく》が羽交《はが》い締《じ》めにしなきゃならなかった。

なんで僕がこんなしんどいことをしなきゃならんのかと、ちょっと憂鬱《ゆううつ》な気持ちになったよ。

◇　◇　◇

「どうです！　これが水中戦用フレームギア、『海騎兵《ネレイド》』です！」

クーンがまるで自分が作り上げた物のように、背後の浜辺《はまべ》に立つ新型機の前でドヤ顔を見せる。

水中戦用とはいうが、足があるから水中戦だけじゃなく、一応地上戦もできるのだろう。水陸両用？

目の前にあるターコイズブルーの機体は、背中に大きなハイドロジェットのような推進器を装備し、両腕《りょううで》にはスライド式の四つの爪《つめ》が装備されている。

なんでも水中で武器を落としてしまうと、もはやそれを回収して戦うなどということは不可能に近く、なら初めから腕にも付けてしまえ、ということで付けられたとか。

全体的に丸っこいカーブが見られるのは、やはり水の中で動きやすいように流線型を意識したからなのだろうか。

「水中でも素早《すばや》い機動性と高い攻撃力《こうげきりょく》を持たせました。肩部《けんぶ》に八連ミサイルポッド、脚部《きゃくぶ》に四連装魚雷《ぎょらい》を装備し、遠距離《えんきょり》にも対応できます。主にメイン武器は槍《やり》となりますが、腕部に取り付けられたアビスクローは晶材《しょうざい》製で、容易《たやす》く敵の装甲《そうこう》を斬《き》り裂《さ》き……」

「はいはい。すごいのはわかったから、とりあえず動かしてみなさいな」

「むぅーっ！　お母様は開発者の説明を聞くという一度だけの大事なイベントをすっ飛ばそうとしてますわ！」

自慢気《じまんげ》な説明をあっさりとぶった斬ったリーンにクーンがぷんすかと怒《おこ》っている。いや開発者は君じゃなく博士たちだろ？

まあクーンもお手伝い程度には頑張《がんば》ったみたいだから、自慢《じまん》したいのはわかるけどさ。

「で、誰が乗る？」

「とーさま、ステフがのりたい！」

ビシッと真っ先に手を挙げたのは最年少のステフだった。うーん、ステフか……大丈夫《だいじょうぶ》かな……。まあ、オルトリンデ・オーバーロードもうまく操《あやつ》ってたし、大丈夫だとは思うんだけども。

「これって脱出《だっしゅつ》システムはちゃんと動くんだよな？」

「大丈夫。万が一浸水《しんすい》したとしても、その前にコックピット内に結界が張られ、次いで転移魔法が発動して脱出できるように二重に安全策をとっている。転移先はヴァールアルブスの転送室だ」

僕の疑問にバビロン博士が答えてくれた。なるほど。それなら大丈夫かな。

僕が許可を出すと、ステフはダンジョン島の浜辺に立つ海騎兵《ネレイド》にそそくさと乗り込んでいった。ステフに付き従う『金』の王冠、ゴールドも一緒《いっしょ》に乗り込む。乗る必要あるか？

まあステフとゴールドはどっちも小さいからコックピットに充分《じゅうぶん》な余裕《よゆう》はあるだろうが。

操作はフレームギアとそこまで変わらないらしいが、唯一違《ゆいいつちが》うのは水中での移動が可能ということだ。

空を飛ぶように前後左右に加えて、上下の動きも加わる。三次元的な動きが必要になるってことだ。

一応ステフも飛行ユニット装備のフレームギアを操縦した経験はあるみたいで、海騎兵《ネレイド》の操縦法をすぐに覚えたようだ。

『じゃあ、いってきまーす！』

そう言ってステフが乗る海騎兵《ネレイド》が砂浜《すなはま》から沖《おき》へと歩いていく。だんだんと機体が沈《しず》んでいき、やがて頭もすっぽりと海の中へと沈んでしまった。

「大丈夫かのう……」

心配そうに母親であるスゥが、海騎兵《ネレイド》が消えた海を見ながら声を漏らした。

僕はスマホを起動し、空中に海騎兵《ネレイド》に同行させた探査球の映像を映し出した。

ステフの乗る海騎兵《ネレイド》はまだ浅い海底をずんずんと進んでいた。今のところ特に問題はないようだ。

やがて慣れてきたのか、海騎兵《ネレイド》が海底を軽く跳ね始めた。まるでゆっくりとスキップをするかのように小さくジャンプしながら海底を進む。

やがて充分な深さに達したと判断したのか、海底から大きくジャンプした海騎兵《ネレイド》が、そのまま背面にあるハイドロジェットを使って水中を進み始めた。

「けっこう速いでござるな」

八重《やえ》の言葉通り、画面の中の海騎兵《ネレイド》は縦横無尽《じゅうおうむじん》に海の中を移動している。

動きがめちゃくちゃだけど、アレは動かし方を試《ため》しているんだよな？　暴走しているわけじゃないよね？

体の各部にある推進器を使い、水中での姿勢をうまくキープしているようだ。かなり動きが速い。

「水中なら私たちの専用機《ヴァルキュリア》でも手こずるかもしれませんね」

そんなふうにリンゼが口にしたがそれはどうだろうか……？

リーンやユミナなら遠距離で仕留めそうだし、八重やヒルダなら近づいたところを一刀両断にできそうなんだけど。

『あれ？　とーさま、まえのほうにおっきなまじゅうがいるけどたおしていーい？』

「おっきな魔獣《まじゅう》？」

探査球の視点を前方へと向けると、小さくこちらへと泳いでくる生物が確認《かくにん》された。

なんだありゃ……。イルカのような胴体に犬のような頭、そして魚の尾鰭《おひれ》を持つ魔獣。

アザラシを凶悪《きょうあく》に変化させたらあんな感じになるんじゃないかと思う。大きさは海騎兵《ネレイド》の二倍くらい……三十メートルはあるな。

「ケートスね。気性《きしょう》の荒《あら》い魔獣で海上の船を襲《おそ》い、その乗員を好んで食べるらしいわ」

リーンの説明を聞いているうちにも、そのケートスとやらは海騎兵《ネレイド》へと向かってきている。

ダンジョン島の周りには僕の召喚《しょうかん》したクラーケンなんかが哨戒《しょうかい》しているはずなんだが、その隙間《すきま》を抜《ぬ》けてきたか。

船を襲うってんなら倒《たお》した方がいいと思うが、いけるかな？

「あのサイズのケートスなら海騎兵《ネレイド》で大丈夫だと思うよ。そんなヤワな作りにはしてないさ」

博士がそう自信たっぷりに言うのであれば大丈夫か。……いや、若干《じゃっかん》不安だなぁ。

『えーい！』

そんなことを考えている間にステフの駆《か》る海騎兵《ネレイド》の肩がガパッと開いて、そこから何発かのミサイルがケートスに向けて飛んでいった。

負けじとケートスも口から渦巻《うずま》きのブレスのようなものを吐《は》き出して、自分に向かってきたそのミサイルを渦《うず》に巻き込み、大きく逸らす。

そのままの勢いで向かってきたその渦巻きブレスを、海騎兵《ネレイド》が俊敏《しゅんびん》な動きで鮮《あざ》やかに躱《かわ》した。

ケートスが二発目、三発目とブレスを吐くが、水中を魚のように進む海騎兵《ネレイド》を捉《とら》えることができない。だいぶステフも操縦に慣れてきたようだ。

『こんどはこっちからいくよー！』

腕部に取り付けられた四本の晶材製の爪が、スライドして前方へと移動し、拳《こぶし》の前に固定される。なんだかアメコミのヒーローみたいな感じだな。いや、あのキャラは三本爪だっけか。

ステフの操る海騎兵《ネレイド》はケートスの放つ渦巻きブレスを回転しながら避《よ》けていき、瞬《また》く間《ま》に至近距離《しきんきょり》まで接近した。

『やっ！』

右腕《みぎうで》の四本の爪がケートスの首に一閃《いっせん》される。それだけでケートスのアザラシのような首は一刀（四刀？）両断されてしまった。

周囲の海中に血を撒《ま》き散らしながら泣き別れになったケートスの頭と胴体が海底へと沈んでいく。

「ああ、せっかくの素材がもったいない……！」

そう呟いたクーンがちらりとこっちを向く。取りに行けと？　さすがに海底まで行くのは勘弁《かんべん》してほしい……。

「なかなかの性能ですわね。私《わたくし》たちの専用機《ヴァルキュリア》もあれと同じくらいの性能に？」

「君たちの機体は追加装備という形になるから、どうしても若干性能は落ちる。それでも向こうのキュクロプスには負けないと思うよ」

ルーの質問に画面を見ながら博士が答える。

捕獲したキュクロプスには水中で活動するための技術がふんだんに盛《も》り込まれていた。博士たちはそれをパク……参考にして、さらに改良に改良を重ねたらしい。

その工程でキュクロプスを分析《ぶんせき》すればするほど、『再生女王《レストアクイーン》』と呼ばれるエルカ技師や『教授《プロフェッサー》』と同じ、五大マイスターの一人、『指揮者《マエストロ》』の影《かげ》がチラついたと聞いた。

やはりこれは向こう側にその『指揮者《マエストロ》』がいる可能性が高いな。それが自ら協力しているのか、させられているのか、それとも『邪神の使徒』の一人なのか……。

「海騎兵《ネレイド》の神魔毒（弱）対策は？」

「海騎兵《ネレイド》はエーテルリキッドの他に、精霊炉《せいれいろ》も積んでいる。海の小精霊《せいれい》の力を借りてその力を増幅《ぞうふく》し、そのまま動力源として使っているんだ。それでも神魔毒（弱）の影響《えいきょう》は受けるが、これで四割ダウンから一割ダウンまで抑《おさ》えることができた」

僕が尋《たず》ねると博士がむすっと不満そうに答えてくれた。博士からすると一割ダウンでも納得できない出来なのかもしれない。

「専用機《ヴァルキュリア》の方は四割ダウンのままか？」

「精霊炉に全とっかえするわけにもいかないからね。エーテルリキッドでの出力を少し上げた。こちらは三割ダウンくらいまでには抑えられると思う」

四割ダウンから三割ダウンになったか。一割下げただけでもすごいことなんだろうな。

「こっちはいいが、君らの方は大丈夫なのかい？　奥《おく》さんたちの神魔毒（弱）対策は？」

「よくぞ聞いてくれました！」

「わっ⁉　びっくりした！」

博士の言葉に背後にいたリンゼが大きな声を上げた。驚《おどろ》いて思わずビクッとなっちゃったよ……。

「聖樹からその繊維《せんい》を取り出し、『錬金棟』のフローラさんと『工房《こうぼう》』のロゼッタの協力を得て、神魔毒（弱）を防ぐ布ができたんですよ！」

おお、完成していたのか。話を聞いた時はできるかどうかわからない感じだったけども。

リンゼがスマホの【ストレージ】から一着の服を取り出す。灰色の柔《やわ》らかそうな生地《きじ》だな。

ところどころにプロテクターのようなものがあり、パイロットスーツという風に見えなくもない。ヘルメットまであるのか。フルフェイスの透明《とうめい》なシールドがついたやつだ。これって晶材製か？

ヘルメットの後頭部はちょっと張り出していて、なだらかなラインを描《えが》いている。

「こちらのヘルメットは内側に聖樹の布を張り、フィルターの役目をします。風魔法を付与《ふよ》してあるので息苦しくはないはずですよ。内側が曇《くも》ったりもしません」

「へえ……。完全防備だな」

宇宙にでも行くのかってレベルの装備だが、それぐらいは必要なのか。

博士がスーツを手に取って、生地をくいくいと引っ張っている。

「これ、弾性付与《だんせいふよ》と刺繍魔法《ししゆうまほう》が施《ほどこ》されているね？　なにか特殊《とくしゆ》な効果が？」

「わかりますか？　着る人によって、サイズが自動で合わせられるようになっているんですよ。八重さんとスゥ、お二人ちょっと着てみてもらえます？」

「えっ⁉　拙者《せっしゃ》がでござるか⁉」

「ほう、面白《おもしろ》そうじゃのう」

対極な反応をしている指名された二人を置き去りにして、リンゼはスマホの【ストレージ】から今度は簡易型の更衣室《こういしつ》を二つ取り出した。ここで着替《きが》えろと？

いやまあ、ここにいる男は僕と久遠だけだから、そこまで気にしないでもいいといえばいいのだけれども……。

リンゼが有無《うむ》を言わさず、ぐいぐいと更衣室へ八重を押《お》し込んでいく。

リンネが来てからちょっとリンゼも性格が変わったよな……。控《ひか》えめなところは変わらないけど、なんというか自信を持つようになったというか。芽生えた母の強さってやつなのだろうか。

「あ、下着も脱《ぬ》いで下さいね。効果が薄《うす》れるんで」

「「え!?」」

閉められた更衣室の中から驚いた声が耳に届くが、あえて聞かなかったことにする。夫婦といえどもデリカシーは必要なのだ。

やがて海底からステフの乗る海騎兵《ネレイド》が砂浜に帰還《きかん》した。

と同時に、試着室が開いて、パイロットスーツに身を包んだスゥが姿を見せる。

「思ったより動きやすいのう。この鎧《よろい》部分も邪魔《じゃま》にならんし」

スゥはプロテクター部分を軽く叩《たた》きながらそんな感想を漏らす。

うーむ、まさにパイロットスーツといった感じだな。小さなスゥの体にピタッと合っている。

ぴっちりとはしているが、肩、胸、腕《うで》、腰回《こしまわ》り、足首などにプロテクターのようなものがあるから、そこまで体のラインが出るわけじゃない。

「ヘルメットも被《かぶ》ってみたら？」

「うむ、こうか？　んお？」

スゥが灰色のヘルメットを被ると、後ろに伸《の》びていたスゥの長い金髪《きんぱつ》がたちまちヘルメットにするすると吸《す》い込まれていった。髪《かみ》まで自動で収納されるのか。後頭部のところが出っ張っていたのはそのためか？

「声は聞こえる？」

「うむ、問題ないの。息苦しいこともない」

スゥがシールドを下ろしたままそう答える。大丈夫みたいだな。

スゥがそこらへんを走ったり跳《と》んだりして動きやすさを確認している。

海騎兵《ネレイド》から降りてきたステフも、母の姿に興味津々《きょうみしんしん》といった感じでパイロットスーツをペタペタと触《さわ》っていた。

八重はどうしたんだろう？　着替えるのに手間どっているのかな？

そう思って八重の入った更衣室の方へ視線を向けると、八重がひょこっとその扉《とびら》から顔を覗かせた。なぜか顔が赤い。

「……なにしてんの？」

「あの、この服……。ちょっとぴっちりしすぎだと思うのでござるが……」

「もう。大丈夫ですから。ほら、出てきて下さい」

「あわわっ、り、リンゼ殿《どの》!?」

リンゼに腕を引かれて姿を現した八重はスゥと同じ灰色のパイロットスーツ姿だった。

ただその……スゥよりも身体のラインがハッキリとわかるというか、部分部分でメリハリがわかるというか……。

「……リンゼ。お主、八重との比較《ひかく》対象としてわらわを指定したな？」

「えーっと……まあ、これだけサイズ差があっても着れるんだよ、というわかりやすさのために、ね？」

リンゼの弁解にぷくっと頬《ほお》を膨《ふく》らませていたスゥであったが、ステフの前ということに気が付いたのか、すぐに咳払《せきばら》いをして元に戻《もど》った。

「確かに体のラインが結構出るわね」

「でも人前に出るわけじゃないし、出たとしてもこの程度ならそれほど気にすることもないのでは？」

「大樹海の部族衣装よりは遥《はる》かにマシだと思います」

恥《は》ずかしがる八重を囲んでお嫁《よめ》さんたちがジロジロと遠慮《えんりょ》無い視線を送る。

バビロン博士も八重のスーツ素材を撫《な》でながら、小さく頷《うなず》いていた。

「うむ……これは使えるかもしれないな。エーテルラインをこの素材で守れば神魔毒(弱)の侵入《しんにゅう》を幾《いく》らかは防げるかも……。専用機《ヴァルキュリア》も二割ダウンくらいに抑えられるかもしれないぞ」

「真面目《まじめ》な顔でお尻《しり》を撫でるのはやめてほしいのでござるが⁉」

いたたまれなくなったのか、八重もリボンを外してヘルメットを被ると、しゅるっ、と長い黒髪《くろかみ》がヘルメットに収納されていく。

「ヘルメットの横のボタンを押すと、シールドが外側からは不透明《ふとうめい》になります。腕のところのブレスレットを使えば様々な色にすることもできますよ」

リンゼの説明に八重がヘルメットを操作すると、透明だったシールドが一瞬《いっしゅん》にして黒くなり、八重の顔が見えなくなった。こうなるともう謎《なぞ》の戦闘員《せんとういん》だな。

「そっち側からは見えるんだよな?」

「うむ、少し暗くなったくらいで問題なく見えるぞ」

同じようにシールドを不透明にしたスゥに尋ねると、問題ないという答えが返ってきた。サングラスみたいに眩《まぶ》しいときに使うのかね?

八重が腕のブレスレットにあるボタンをピッピッと押すたびに、灰色だったスーツの色がヘルメットも含《ふく》めて、いろんなカラーに変化していく。

結局八重は藤色《ふじいろ》の、スゥは黄色のパーソナルカラーを選んだ。うん、色を変えても不自然さはないな。顔が見えないから似合っているかはよくわからないが。

「うっわー！　八重おかーさんたち、カッコいい！」

「うん！　かーさま、カッコいい！　せんたいひーろーみたい！」

そんなことを口にしながらリンネとステフが目をキラキラとさせてるが、せんたいひーろーって戦隊ヒーローだよな？

もしかして未来で特撮《とくさつ》モノとか見せてたのか、未来の僕は？

「おかーさん、おかーさん！　私もこの服欲しい！」

「ステフも！　ステフも！」

いや、君らは神魔毒《しんまどく》（弱）の影響を受けないから必要ないんだが……。この子らは日常的に着そうで怖い。

他《ほか》の子供たちは特に興味は無さそうだった。いや、フレイだけはちょっと気になっているようだったが、あれはパイロットスーツが防具としてどれだけのものなのかを気にしていただけのように思う。

そもそも神魔毒（弱）の影響を八重たちが受けなくなれば、子供たちも専用機《ヴァルキュリア》に乗る必要は無くなるので、作ったところでコスプレ服以上の意味はないことを、久遠あたりは悟《さと》っていると見た。

戦隊ヒーローとかこういうのって、男の子の方が憧《あこが》れるような気もするんだけど、そこらへんうちの子は冷めてるよなあ……。

今さらだけど。

◇
◇
◇

深海の中を巨大《きよだい》な影がゆっくりと進む。深海に潜《ひそ》む魚たちはその影に怯《おび》え、その場から蜘蛛《くも》の子を散らすように急いで遠ざかる。

光も届かぬ海の底を、その影は悠然《ゆうぜん》と進んでいた。やがてその巨大な影は海底のある地点で静止し、周囲に百もの小さな探査球を発射する。

『V00カラV99マデ発射完了《かんりよう》』

巨大な影……白鯨《はくげい》の姿をしたオーバーギア・ヴァールアルブスの艦橋《ブリッジ》で、『白』の王冠《おうかん》、イルミナティ・アルブスは何度めかの探査を開始した。

モニターに映る百もの映像から、怪《あや》しいものがないか全《すべ》てチェックする。

怪しい影、奇妙《きみよう》な地形、人工の沈殿物《ちんでんぶつ》。それらを視界に入れた探査球には細かく分析するよう指示する。

その中に一つ、奇妙なものが映ったのをアルブスは見逃《みのが》さなかった。

『V21ノ映像ヲ拡大』

百ある映像の一つがいくらか大きく映し出される。それは何の変哲《へんてつ》もない海底の岩肌《いわはだ》であった。

しかしその岩肌には大きな断層があり、ザックリと地面を切り裂くかのような亀裂《きれつ》が走っていた。

その海底のクレバスの中へと探査球が転がり落ちていく。

深い海の底の、そのまた底へと落ちていく探査球のカメラは、やがてあるものをヴァールアルブスのモニターいっぱいに映し出した。

大きな箱形のような船体に、怪しげな光のラインが走っている。船体の左右には推進器のようなものが取り付けられていた。

アルブスはデータと一致《いっち》したその物体を捉え、探査モードから監視《かんし》モードへと移行した。

『我、「方舟《アーク》」ヲ発見セリ』

◇　◇　◇

アルブスからの『方舟』発見の報を受けた僕らは、すぐさま【ゲート】を使い、深海の底に潜むヴァールアルブスへとやってきた。

薄暗《うすぐら》い船内に浮《う》かぶ正面モニターに、海溝《かいこう》の底深く潜む『方舟《アーク》』を発見する。

「間違《まちが》いないね。『方舟《アーク》』だ。ついに見つけたぞ」

さて、見つけたはいいが、どうする？　全戦力をもって強襲《きょうしゅう》し、『方舟《アーク》』を叩くか？

「いや……、『方舟《アーク》』を発見した時のことを思い出したまえよ。僕らが煙幕《えんまく》で視界を遮《さえぎ》られたわずかな間に『方舟《アーク》』は忽然《こつぜん》と消え失《う》せただろう？　下手をするとあの二《に》の舞《まい》になるんじゃないか？」

むぐ。博士の言い分ももっともだ。今となってはあれは潜水《せんすい》ヘルメット男が持つ『邪神《じゃしん》器』の能力だと思う。

わずかな間があれば転移されてしまう可能性が高いな。あの潜水ヘルメット男を倒すか、邪神器を使えないようにするかしないと……。

「この海域にずっといるのもマズい。アルブス、探査球をいくつか監視に残してヴァールアルブスを移動させよう。向こうに見つかってしまったらせっかくのアドバンテージが無駄《む》《だ》になってしまうからね」

『了解《りようかい》』

博士の言を受けて、ヴァールアルブスがゆっくりと『方舟《アーク》』のいる海域から離《はな》れていく。

確かに博士の言う通り、見つかってしまったら向こうはまた転移で逃走《とうそう》してしまう可能性もある。

「【テレポート】であの中に一気に乗り込むってのはダメなのかの？」

「おそらく結界が張ってあるだろうからね。弾かれて万が一深海の中に転移してしまう可能性もゼロじゃない。オススメはしないね」

博士がスゥの提案を却下《きやつか》する。さすがにそれはなあ……。水圧でペチャンコになるのはゴメンだ。

「しかしアレを見張っていれば、これ以上港町が襲われる心配はないでござるな」

「いえ、それも怪しいわよ。何も『方舟《アーク》』から出て出撃《しゆつげき》する必要はないんだもの。目的の港町の海域にキュクロプスを直接転移させればいいわけだし」

「な、なるほど……。転移魔法持ちは厄介でござるなあ……」

リーンに返した八重の言葉に僕、桜《さくら》、八雲《やくも》、ヨシノの四人はわずかに眉《まゆ》を寄せる。いや、僕らのことを言っているわけじゃないのはわかってるんだけどね？

みんなの言いたいことはわかる。目の前に敵がいるのに攻撃を仕掛《しか》けることができないって歯痒《はがゆ》さが。

向こうはこちらに気付いた瞬間《しゅんかん》に転移して逃げてしまうかもしれない以上、下手に手を出すわけにもいかないからな。

やはりあの潜水ヘルメット男の邪神器を破壊《はかい》するしかないか。しかしそうなってくるとこっちもそれを壊《こわ》すための神器が必要になってくる。新しい神器が。

新しい神器を作る……それには神器の心臓となる『神核《しんかく》』を完成させなければならないわけなんだが……。

今のところ九割くらいまではうまくいっているのだが。ゴルフボールくらいまでは圧縮できたし。あとはそこからビー玉くらいまで圧縮できれば完成するのだけれども。

やっぱり神器を完成させることは急務だな。

「とりあえずアレを監視しつつ、なんとか中に探査球なり発信器なりを直接忍《しの》び込ませる方向でいこう。バラストタンクなり排水口《はいすいこう》なり、どこかに侵入できる場所があるはずだ」

転移で逃げられても追跡《ついせき》できるようにか？　でも……。

「入り込めたとしても結界に阻《はば》まれて、居場所をこっちに送信できないんじゃ？」

「まあ、そこは任せておきたまえ。入り込んでさえしまえば、あとはなんとかなる」

自信たっぷりにニヤリと笑う博士に、どう見ても悪党の笑いだよなあ……と若干引いてしまう。

「でも冬夜さんもよくあんな感じになりますよ？」

「そうね。悪い顔してる時の冬夜と同じよね」

ハハハ、リンゼ君にエルゼ君、二人とも何を言っているのやら。僕があんな意地の悪い笑《え》みを浮かべるわけがないじゃないか。ねえ、みんな？

と同意を求めたが、誰一人《だれひとり》として頷いてはくれなかった。ちくせう。

◇　◇　◇

「ぐぬぅぅぅぅ……！」

脂汗《あぶらあせ》を流しながら神核を圧縮していく。ゴルフボール大まで小さくなったそれをさらに押し固めていく。

ちょっとでも気を抜けば弾《はじ》け飛びそうなそれを、ゆっくりと、慎重《しんちょう》に、バランスをとりながら圧縮していく。

かれこれ二時間もこいつと格闘《かくとう》している。初めの方は興味深そうに見ていた子供たちも、だんだんと飽《あ》きてきたのか、誰《だれ》も気に留めなくなっていた。ちょっと寂《さび》しい……。

『主《あるじ》、頑張って下さい！』

『最後まで気を抜かずに！』

子供たちに放って置かれている僕を憐《あわ》れんでか、琥珀《こはく》と瑠璃《るり》がエールを送ってくれている。珊瑚《さんご》と黒曜《こくよう》、紅玉《こうぎょく》も見守ってくれていた。

それから中庭で格闘することさらに二時間。

お昼が過ぎて、もはや疲労困憊《ひろうこんぱい》のギリギリまで力を絞《しぼ》り出した僕は、ついにゴルフボールから少し大きめのビー玉くらいまで神核を圧縮することに成功した。

「あ、とは、こい、つを、固、定、すれ、ばぁぁぁぁぁ……！」

神核の周りに鍵《かぎ》をかけるように、六面パズルをぐちゃぐちゃに崩《くず》すように、二度と開かなくなってもいいと思えるほどの安全ロックをかけて、僕の神核は完成した。

「で、きた……」

完成と同時に僕はその場にうつ伏《ぶ》せにばったりと倒れ込む。

もー、ダメ……。限界っス……。指一本動かすのもヤダ……。

『大丈夫ですか？　主《あるじ》……』

「だいじょばない……」

疲《つか》れ過ぎて呂《ろ》律《れつ》が回らない……。異世界に来てこれほど疲れたことはないってくらい疲れた。回復魔《ま》法《ほう》を使う魔力《まりょく》、いや気力さえない。今、暗殺者なんかに襲われたら間違いなくやられる。

くくく、邪神の使徒たちめ。今がお前らの最大のチャンスだぞ。この機を逃《のが》せば二度と僕を倒す機会など巡《めぐ》ってはこない。せっかくのチャンスを見逃したな……！

……いかん、思考までおかしくなってる……。

実際に暗殺者なんかが来ても、琥珀たちが守ってくれるだろうけども。

バビロンにある魔力タンクがなければ、本来なら琥珀たちまで消えているところだ。

ぶっ倒れたまま、目の前の地面に転がる神核を眺《なが》める。

プラチナの神気を陽炎《かげろう》のように放つ真球状の水晶体《すいしょうたい》。間違いなく神核として完成している。とうとうやってやったぞ、と思わず口《くち》が緩《ゆる》んだ。

無くさないように【ストレージ】に……。まあ、無くしても僕が『戻れ』と念じれば戻ってくるんだけど……。

地面になんとかビー玉ひとつ分の【ストレージ】を開き、その中へ神核を落とす。

あー、もうホント限界……。

僕は心地《ここち》よい疲労《ひろう》感と共に琥珀たちに見守られながらストンと意識を手放した。

◇　◇　◇

「ふむ……。初めてにしてはなかなかの出来だな。神器の核としては申し分ないよ」

おお……。やった。工芸神であるクラフトさんにお墨付《すみつ》きをいただいたぞ。あの辛く厳しい作業はもう終わったのだ。

やっとのことで『神核』を作り上げた僕は、その成果を見てもらおうとミスミド王国にいる工芸神・クラフトさんのところへとやってきていた。

「それで、神器の『器』は決まったかね？」

「それなんですけど……奏助《そうすけ》兄さんの神器のように、その時の状況《じょうきょう》によって形が変わる神器って僕に作れますかね？」

「奏助？　……ああ、音楽神のことか。形が変わる神器には二通りのタイプがある。一つは使用者の思念を読み取り、読み取った姿へと変化するもの。音楽神の持つ神器、『千変《せんぺん》万化《ばんか》』はこちらの方だね。もう一つのタイプは、元からいくつかの形が決められていて、状況に応じてそれを切り替《か》えて変化するというもの。どちらもメリット、デメリットがある」

クラフトさんのいうメリット、デメリットとは。

まず、自由自在に変化する方。こちらはその都度、何に変化させるか使い手の細かいイメージが必要となる。

そのため、元の形……奏助兄さんの『千変万化』なら、楽器の形を正しく記憶《きおく》、理解していなければならない。つまり、ピアノならば、内部のハンマーなどの構造も全てわかっていなければならないということ。

てか、無理でしょ。いや、奏助兄さんのが楽器だから複雑なのかもしれないけどさ。

剣《けん》、槍、斧《おの》、なんていう単純な武器ならそれほど複雑なイメージはいらないんじゃないかと思ったが、重さとか硬《かた》さまでイメージしないといけないらしい。それはしんどいな……。

自由自在タイプのメリットはどんな形にも変形させられるってこと。新たに考えた形にも変化させられるってことだ。

そしてデメリットは完璧《かんぺき》なイメージが必要ってこと。それと器を作る際に特殊な調整が必要らしい。つまり作るのが難しい。

そしてもう一つの方。切り替えタイプとでも言おうか。

こちらの方のメリットは変化に要する時間が短く、使用者に負担がないこと。製作が楽なこと。

デメリットは当然ながら、初めに決められた種類の形にしか変化できないってこと。完成後の追加変化はできないってことだ。

「その条件だと、切り替えタイプの方がいいのかな……」

使用者に負担が少ないってところと、製作するのが楽ってのはありがたい。

神器製作は初心者だからさ。あまり挑戦的《ちょうせんてき》な作品は避けたいところだよね。

「まあ、そっちの方が失敗は少ないだろうな。自由自在に変化するタイプは細かな調整が必要になってくるから初心者向けじゃない。作り手にも使い手にもね」

「あ、その武器を巨大化《きょだいか》させることってできます？　邪神の神器はそんな能力があるんですけど」

「巨大化？　ああ、それは持ち手の体格に合わせて一番適した姿に変化する【最適化】の機能だな。あれは神核とは関係ない器の特性だから、比較的《ひかくてき》簡単に後付けできるよ」

なるほど。あれは神器の神核による特性じゃなくて、武器の素材による特性なのか。確かに巨大化した上に雷《かみなり》を出したりしてたもんな。

「それで神器につける特殊効果《とくしゅこうか》だけど、【神気無効化】でいいんだね？」

「はい。それでお願いします」

【神気無効化】。その名の通り、相手の神気を無効化する。つまり、神気による能力を封《ふう》じる。

この神器を使えば、あの潜水ヘルメット男の邪神器による転移を防ぐことができる。ただし、そのためには相手を自分を中心にした射程距離《きょり》内に引き込《こ》まねばならないが。

「しかし……よく考えてみると妙《みょう》だな」

「なにがです？」

「邪神の使徒というのは神器を持っている。それもいくつもだ。これらはどこからきた？」

「え？　そりゃ……邪神が作ったんでしょ？　神族しか作れないんだし」

何を今さら。ユラが生み出した邪神。そしてそれに取り込まれ、邪神を乗っ取ったあのニート神が生み出し、残したものがあの邪神器だろ？

「世界神様の眷属《けんぞく》たる君が、何ヶ月もかかってやっとここまで作ることができた神器を、たかが元従属神ごときがそんな短期間にポンポンと作り出せるものなのか？」

「そう言われると……」

邪神の使徒が持っていたアレは神器……だと思う。それとも神器じゃないのか？　神器もどき？　でも神気を纏《まと》っていたしな……。

「従属神時代にコツコツと何個も作っていた……とか？」

「そんなコツコツと努力をする者があそこまで落ちぶれるとは思えんのだが」

むう。確かにそうだ。あいつは大した努力もせず、都合の悪いことは周りのせいにして、『俺《おれ》はまだ本気を出していない』とか言うようなタイプだ。

そんな奴《やつ》がコツコツと神器製作の努力なんかしているわけがないな。

「となると……あの邪神器はどこから？」

「もともと存在した神器を作り変えたか……。あるいは……神器ではないのか」

やっぱり紛《まが》い物ってことか？　いや、そもそも邪神自体が正式な神ではないのだから、そいつが作ったものを神器と言うこと自体、おかしな話なのだが。

「邪神がそういった神気を纏った武器を作り出した例はいくつかある。邪聖剣《じゃせいけん》とかね。しかしそれでも一つか二つで、こんなに多くはなかった」

今のところ、八雲とフレイが破壊した茶色い肉切り包丁と紫《むらさき》の槍《やり》、潜水ヘルメット男の持つ青い手斧《ておの》とペストマスクの男が持つ赤いレイピア、あと、八雲が出会ったっていう鉄仮面女のオレンジ色のメイスか。

少なくとも五つの邪神器が作られている。確かに多いな。

「これはひょっとすると……」

クラフトさんは少し考《かんが》え込む様子を見せたが、すぐにかぶりを振《ふ》って視線を僕《ぼく》に戻した。

「ま、いま考えても仕方がない。で、変化する神器を、という話だったけど、何通りに変化させるんだい？　あ、巨大化とかは抜かして」

「何通り、か。そう言われてもな……」

「普通《ふつう》、こういう変化系の神器は誰にでも使えるように、あるいは状況に応じて臨機応変に対応できるようにといった目的があるんだけれど、君の場合はすでに使い手が決まっているのかね？」

神器の使い手か。ええっと……僕やユミナたちではダメなんだから、やっぱり子供たちの誰かに託《たく》すことになるよな……。

ここはやはり年長者として八雲か？　八雲なら刀だけれども。

いや、やはり長男。ブリュンヒルドの跡継《あとつ》ぎである久遠《くおん》に……久遠だと、武器はなんだろう？　普通に剣かな？　シルヴァーとか使ってるし。

戦闘《せんとう》センスでいったらリンネも……あの子ならガントレットとかかな？

いや、『自分も使いたい！』とかフレイあたり言いそうだよな……。そうなると他の子たちも……。

「うう－ん…………」

誰に合わせて作ればいいのか悩《なや》む……。

そもそも変化する神器にしようと思ったのは、相手がキュクロプスに合わせて巨大化する神器を使っていたから。

こっちも巨大化する神器じゃないと太刀《たち》打《う》ちできないんじゃないかと思ったからだ。

だが、クラフトさんの話だと巨大化自体は別に付与できるっぽい。

なら変化する武器である必要はないとも言える。

言えるんだけど……。

子供たち誰か一人だけに適した神器を与《あた》えるのは、すごく揉《も》めそうな気がする……。

やはりここは全員に合った武器に変化する神器の方がいいよな。みんな使える方が自由度がきくし、誰かが仲間外れってのもなんだし。

すると九通りか……。多いな。今さらだけど。

「九種に変化する神器か。いいんじゃないかな。では器の方の下準備をしよう。素材はやはり神応石がいいだろうな」

そう言ってクラフトさんは何もない空間から漬物石《つけものいし》くらいの平べったい真っ白な石を取り出した。

神応石。僕らの結婚《けっこん》指輪にも使われている特殊な鉱石で、注ぐ神気によって様々な特性を持たせることができる。

そういえば僕らの結婚指輪のデザインは、工芸神であるクラフトさんが作ってくれたんだよな、確か。

クラフトさんから手渡《てわた》された神応石を受け取って、神気を注いでいくと、真っ白だった神応石がだんだんとプラチナ色の輝《かがや》きを帯びてきた。

……………………。

………えーっと、これ、いつまで注入するの？　長いな。まだですか？

「できる限り限界までかな。その方が君の神気に馴染《なじ》んで強力なものになるし、これは後載せできないからね」

……マジか。技術的には難しくはないけど、限界まで注げって……。神核だけじゃなく、器を作る方もしんどいとは……。

他の神様たちがあまり神器を作りたがらない気持ちがわかってきた……。自分用に一回作れば充分《じゅうぶん》だわ……。

数時間後、ほとんどの神気を注《そそ》ぎ込んで干《ひ》からびそうな僕をよそに、クラフトさんが神応石を満足そうに眺めていた。

「うむ。素晴《すば》らしい。これで素材については問題ないだろう。あとは器となる武器の形状だが、どうするかね？　それだけなら私が作ってもいいし、自分で作るのもありだが」

つまり武器のデザインはどうするか、ってことだよね？　本来ならば工芸の神であるクラフトさんに頼《たの》むのが一番いいんだろうけど、これは僕が子供たちに渡《わた》すものだ。やはり最後まで自分の力でやり遂《と》げたい。

デザインがダサくても性能に差異はないしね……。

神気を吸い取られて憔悴《しょうすい》しながらも、そう心に決めた僕だったが、今すぐは無理だ。うん、明日から。明日から神器の製作に入ろう。

しかしそこに思いもよらないクラフトさんの言葉が僕に向けて飛んでくる。

「ああ、変化する形の分だけ神核が必要だから、あと八つ作っておくように」

「……………ほわっつ？」

え、なに言ってんの、この神《ひと》？

一個作るだけでもあんな大変だったもんを、あと八つ作れと⁉　死ねと⁉　鬼《おに》ですか、あなた⁉　神ですか、そうですか！

嘘《うそ》ん……。

◇　◇　◇

「で、きた、ばい……」

なんで行ったこともないところの方言が出たのかわからないまま、僕は地面へと倒《たお》れ込んだ。

あれから『一度できたんだから次はもっと楽に作れるはずだ』というクラフトさんの、なんの根拠《こんきょ》もない言葉に騙《だま》され、本当に精魂《せいこん》尽きるかと思うほど、神核作成に気力体力神力を搾《しぼ》り取られた。

一週間だぞ。一週間クラフトさんちに軟禁《なんきん》され、ずっと作らされたのだ。七日で八つの神核を作った自分を褒《ほ》めてやりたい！

クラフトさんのいう通り、一度成功体験があるからか、追加で作った八つの神核は、全て失敗することなく作ることができた。ブレイクスルーってやつかね？

だが前より楽に作れるからって、まったく疲れないということではない。

逆にゴールを知ってしまったから道のりの長さがわかってしまうというか……。疲れる前から疲れてしまうような感覚が……。なに言ってんのかわからないって？　僕もわからん……。

とにかく疲れた……。三日間くらいぶっ続けで寝《ね》てもいいんじゃなかろうか……。

自由自在タイプより、切り替えタイプの方が作るのキツくない……？

向こうは神核一個でいいんでしょう？　あっちの方が楽じゃん……。

「普通は切り替えタイプだと、変化させる形は二つか三つくらいだからね。九つも変化させるなら確かに自在タイプの方がいい。ただそれは使い手が神族だったら、だがね。人間が扱《あつか》うならやはり切り替えタイプの方がいいと思うよ」

できた神核を矯《た》めつ眇《すが》めつ、クラフトさんが説明してくれる。

ううむ、子供たちは半神であるから半分は神族であるのだが、半分は人間だ。僕に負担がかかる分だけ、あの子たちに負担がかからないと考えればこの疲れも飲《の》み込める。

それに本来、神器はもっと長い時間をかけて作るものだ。こんな全速力でフルマラソンするような作り方は普通はしない。

ゆっくり作るならやっぱり切り替えタイプの方が総合的に楽なのかもしれない……。

「というか、こんなに神核作るなら、もう九つの神器を作るほうが楽なのでは……」

「あまり多くの神器を地上に生み出すのはお勧《すす》めしない。地上に混乱をもたらすし、その神器を管理するのは君だからね。基本的に神器は不滅《ふめつ》。これから未来永劫《みらいえいごう》、君に責任がついて回る。余計なリスクは背負わない方がいいと思うよ」

むう。確かに。神器は下手をすると新たな邪神を生み出す苗床《なえどこ》になりかねない。数が多ければ多いほどその危険性は高まる。のちのちのことを考えると、やはり神器は一つでいいか……。

「まあ、万神殿《パンテオン》の宝物庫に入れてしまえば盗《ぬす》まれる心配もなくなるけど……」

「そこってアレですよね？　一度放《ほう》り込んだら探すのに千年単位で時間がかかるっていう神様たちの不用品置き場……」

「ま、それは置いといて」

置いとくのかい。誰か管理してくれる神《ひと》はいないのか？　目的に応じた神器を取り出せるようになればすごく助かると思うんだが。

しかしそれを口にすると僕にその仕事が回ってきそうな気がするので言葉にはしない。

何千、いや何万年も倉庫整理なんかしてたまるか。

「神核は必要数集まった。あとは器を完成させるだけだけど、作る九つの種類は決めたのかい？」

「だいたいは。一つだけ悩んでますけど」

八雲は刀、リンネはガントレット、エルナは杖《つえ》、アーシアは短剣《たんけん》、クーンは銃《じゅう》、ここまではすんなり決められた。

残りの久遠、フレイ、ヨシノ、ステフなんだけど……。

久遠とフレイは万能型《ばんのうがた》だからなんでも使いこなせると思う。

ステフは【プリズン】を使うし、体当たり戦法を使うから、盾《たて》なんかなら突《つ》っ込んでいくシールドチャージ的な使い方ができるだろう。

問題はヨシノだ。ヨシノの得意な武器ってなんだ？

あの子基本的に戦わないからな……サポート役というか。得意な武器……楽器？

ギターをぶん回して殴《なぐ》りつける、みたいな？　いやいや、それは正しい使い方じゃない。

楽器をそんな使い方したらヨシノが悲しむ。

あ、でも昔なにかでギターアックスってのを見たような気が。斧とギターが合体したようなやつ。

ヨシノのはそんな方向でひとつ考えてみるか。

九種の武具に変化するといっても、別に八雲が刀しか使っちゃダメというわけでもない。槍で戦ってもいいし、銃で撃《う》ってもいい。結局は使い手次第《しだい》だからな。

ただ単にそれぞれ子供たちの得意な武器を使わせてあげたい、っていう僕の我儘《わがまま》だ。状況に応じて使いたい形態を使えばいい。

「よし、じゃあ神応石を武器に作り変えていこうか」

「ア、ハイ……」

笑顔《えがお》でそう言い出したクラフトさんに、あとどれくらいかかるのかと、僕は少し陰鬱《いんうつ》な気持ちになった。

◇　◇　◇

「結局ヨシノ向けの武器はああいう形になったでござるか」

八重が完成した神器を手にするヨシノを眺めながら、僕に話しかけてきた。

城の中庭でヨシノが手にしているそれは、端的《たんてき》に言えば弓だった。

もちろんただの弓ではない。普通の弓は弦《つる》が一本だが、あの弓には何本も弦が張ってある。弓であり、ハープでもある、ハープボウってやつだ。

ヨシノがいくつも張ってある弦の一つを引き、矢をつがえる姿勢をとると、弓と弦の間に光の矢が形成される。

それを天に向けて放つと一瞬にして光の矢は蒼穹《そうきゅう》の彼方《かなた》へと消えていった。

神力の矢だ。あれを喰《く》らえば邪神の使徒とて無事ではすむまい。ただ、ヨシノは弓矢を使ったことがないようなので、命中率がちょっと不安だが……。狩奈姉さんにでも教えてもらえるように頼もうか。

ヨシノが今度は弦の一つを指で弾くと、ピィン……と澄《す》んだ音色が響《ひび》き渡った。

ハープの音色を奏《かな》でるそれを駆使《くし》して、ヨシノが曲を弾き始める。

あれ？　この曲は……。

この間、ヨシノがコンサートで指揮したゲームのオープニング曲。そのＲＰＧと双璧《そうへき》を

成すと言われるもう一つのRPGの序曲だ。

なんだ？　未来の僕はヨシノにゲーム音楽を聴《き》かせてばかりいたのか？

『最後の幻想《げんそう》』という意味のそのゲームタイトルのように、流れるような美しい幻想的《げんそうてき》な旋律《せんりつ》が中庭から放たれていく。

「神器としてより、楽器として見てますね、あれは」

「まあ、楽器としてもそれなりの効果はあるから問題ないっちゃ問題ないんだけど……」

少し呆《あき》れたような言葉を漏《も》らした久遠に僕はそう答えながら、持ったナイフで自分の指の先をちょっとだけ切る。

赤い毛筋ほどの血を残して傷はすぐに塞《ふさ》がってしまった。これは回復効果だな。

この回復効果は神器の特性ではなく、ヨシノの演奏魔法によるものだろう。

それが神器の力でブーストされているとみた。予想外の副次効果だが、これはありがたい。

「ヨシノお姉ちゃんばっかりズルいーっ！　あたしもーっ！」

ハープを奏で続けるヨシノに痺《しび》れを切らしたのか、リンネが突貫《とっかん》していく。

「もー、気持ちよく弾いてたのに」

ブツブツと文句を言いながら、ヨシノがハープボウから手を放す。

すると弓の形をしていた神器が一瞬《いっしゅん》で野球ボールほどの球体に変化した。

プラチナ色の光を纏う金属質の球体。それこそが僕の作った神器の本体である。

その球をヨシノがリンネの方に軽く投げる。ふわりとリンネの方に飛んできた球は、そのまま衛星のようにリンネの周囲をゆっくりと回り始める。

この状態が神器の防御《ぼうぎょ》モードである。矢や弾丸《だんがん》、あらゆる飛び道具を打ち落とし、持ち主の身を守る。

僕のレギンレイヴの装備を流用したってわけだ。

「よーっし！　【神器武装】！」

リンネが腕《うで》を目の前で大きくクロスさせると、プラチナの球体であった神器が、まるで柔《やわ》らかな絹糸のように解け、リンネの両腕《りょううで》に纏わりついていく。

瞬《また》く間《ま》にリンネの指先から肘《ひじ》までを覆《おお》った神器は、やがて硬質《こうしつ》なガントレットの形を成した。

「おとーさーん！　なんか壊すの出して！」

「壊すのってお前な……」

壊す前提で出さなきゃならんのか。なんかあったかな……。

面倒《めんどう》だったので僕は【ストレージ】から上級フレイズの軽自動車くらいはあるでっかい

かけらを中庭にドンと出した。

魔力を流し硬度《こうど》を上げる。フレームギアの装甲《そうこう》並みに硬くなったそれの周囲に一応【プリズン】をかけ、破片《はへん》が飛び散らないようにしておく。さすがにそこまではならないと思うんだけども。

「いっくよーっ！【グラビティ】！」

リンネお得意のインパクトの瞬間にガントレットの重さを加重した強烈《きょうれつ》な一撃《いちげき》がフレイズのかけらに炸裂《さくれつ》する。

瞬間、澄んだ綺麗《きれい》な音とともに、フレイズのかけらが木《こ》っ端《ぱ》微《み》塵《じん》に砕《くだ》け散った。

おい、砕けちゃったよ……。【プリズン】しといてよかった……。

あの神器自体に身体能力を上げるとか、破壊力《はかいりょく》を上げるといった特性はない。

そう考えると素材に使った神応石の特性なんだろうが……。

多くの神々が神器の素材に使うという神の鉱石だ。神力を増幅《ぞうふく》させる効果があってもおかしくはないけど……。

半神であるリンネであの威力《いりょく》だ。いつか僕専用の神器を作ってもいいかもしれない。ま、地上じゃ使えないんだけどさ。

「すごーい！　おとーさん、もう一個出して！」

「リンネねーさまズルいーっ！　つぎはステフのばんー！」

先ほどリンネが放ったのと同じようなセリフを今度はステフが放つ。

自由奔放《じゆうほんぽう》なリンネも唯一《ゆいいつ》の妹には弱いのか、文句を言いながらも神器をステフへと手渡した。

「【じんぎぶそー】！」

ステフが球体に戻《もど》った神器を掴《つか》み、右手を翳《かざ》すと今度はステフの身長と同じくらいの大きな盾が形成された。

プラチナ色に輝く、戦乙女《いくさおとめ》の紋章《もんしょう》が入った盾だ。神応石は持ち主に適した重さになるため、ステフの負担にはならないはずである。

一応大盾なのだが、大きさがステフに合わせたものになっていて、ちょっとばかりミニサイズであるのはご愛嬌《あいきょう》だ。

「とーさま！　さっきのやつもっかいだしてー！」

「結局出すのか……」

僕はため息をつきながら再び上級フレイズのかけらを【ストレージ】から取り出した。

◇　◇　◇

「ふむ、特に性能は問題なし、か」

一通りの神器の検証を行った結果、致命的《ちめいてき》な欠陥《けっかん》というものは見当たらなかった。

この神器自体の特性である、【神気無効化】も問題なく発動している。

この神器の周囲では神気を使うことができない。僕自身で試《ため》してみたが、間違《まちが》いなく神気を使った【サーチ】が発動しなかった。

工芸神であるクラフトさんの話だと、神気を封じる、という能力は神器ではわりとポピュラーな能力らしい。

魔法でいう【サイレンス】のようなもんか。相手の邪魔《じゃま》をするってのは基本的な戦略のひとつだ。

ちょっと予想外だったのは、この【神気無効化】の射程距離で、九つの形態それぞれによって違《ちが》うことだった。

わかりやすく言うと、直接的な白兵戦武器は無効化する範囲《はんい》が小さい。刀や剣、短剣状態だと、神器を中心として五メートル以内という狭《せま》さだ。

逆に銃やハープボウなどだと五十メートルほどまで伸《の》びる。ただ、範囲が広がると、端《はし》の方は効果が薄《うす》れていくようなのだ。

相手の神気を完全に封じるなら、近距離戦《きんきょりせん》ができるほどまで近づく必要がある。

それと【神気無効化】を発動すると、当然ながらこちらの神気も使えなくなる。

子供たちは半神であり、生まれた時から日常的に神気を微量《びりょう》ながら使っている。それゆえのあの身体能力なのだ。

故に、【神気無効化】を発動中はいくらか身体能力が落ちる。まあ、それは向こうも同じことなのだが……。

一応、オンオフは自由なのでうまく使えばそれほど足枷《あしかせ》にはならないと思うのだけれど……。不意を突かれることもあるので、常に無効化にしておいた方が安心なんだが。

フレイとエルナだけは【パワーライズ】と【ブースト】を使えるので、身体能力はそこまで落ちないと思うけどね。

だけどフレイはまだいいが、エルナは前に出て戦うタイプじゃないからな……。

やはり八雲かフレイ、久遠あたりにあの潜水《せんすい》ヘルメット男を倒してもらい、逃《に》げる手段を無くしてから邪神《じゃしん》の使徒を各個撃破《げきは》といきたいところだ。

だけどなあ……。『方舟《アーク》』内に乗り込んで潜水ヘルメットの奴を即時《そくじ》見つけて接近、【神気無効化】して神器で倒す……ってなかなかの電撃戦《でんげきせん》なんだが。

潜水ヘルメット男が一人でいてくれればいいが、仲間が揃《そろ》っているところに飛び込んではこっちが危ないかもしれないし。

とりあえず博士のところに行って『方舟《アーク》』が今どんな状況か聞いてみよう。

そう結論付けた僕はバビロンへと【ゲート】で転移した。

バビロンの『研究所』に入ると、相変わらず博士が難しい顔をして壁《かべ》に取り付けられたモニターを睨《にら》みつけていた。

「なんか進展はあったか？」

「あったというか……ま、これを見てくれ」

博士が手にした小型リモコンを操作すると画面がパッと切り替わる。

これは……『方舟《アーク》』が移動しているのか？

『方舟《アーク》』がいた海域はかつて魔工国《まこうこく》アイゼンガルドがあった大陸の南西の海域である。世界の西の果ての海底の、そのまた下の海溝《かいこう》に潜《ひそ》んでいたわけだが、その『方舟《アーク》』がゆっくりと移動しているのだ。

「アイゼンガルドの方に向かっているのか？」

「この方向だとそうだろうね。また港を襲《おそ》うつもりなのか、それとも……」

アイゼンガルドは魔工王の暴走、次いで邪神の出現、金花病の発生と、多くの厄災《やくさい》に見《み》舞《ま》われ、かなり荒《あ》れ果ててしまった。

それでもまだ多くの人が暮らしている。アイゼンガルドが崩壊して以降、新たな国、政府は成り立ってはいないが、それぞれ都市国家のレベルで存在してはいるのだ。

そしてそういった都市国家の場合、大陸中央より沿岸部の都市の方が発展しやすい。

アイゼンガルドは工業国家だったため、その技術を持った職人が多く、国が滅《ほろ》びた今でも他国との取引は存在していた。

隣国《りんごく》にはストレイン王国、ガルディオ帝国《ていこく》、ラーゼ武王国と取引を望む大国に恵《めぐ》まれている。

幸い（？）大変動によって陸路が完全に断《た》たれたことによって、アイゼンガルドが直接的に侵攻《しんこう》されることはない。

また、金花病や盗賊山賊《とうぞくさんぞく》の跋扈《ばっこ》、荒廃《こうはい》した都市からの難民など、多くの問題を抱《かか》えることの地に隣国があまり魅力《みりょく》を感じられず、侵略《しんりゃく》する価値を見出《みいだ》せないという理由もあり、あくまで都市間での貿易のみが続いていた。

しかしその恩恵《おんけい》を受けているのはあくまで大国と向き合っている北東部だけで、南西部の沿岸都市はそこまで発展してはいない。

『方舟《アーク》』がこのまま真《ま》っ直《す》ぐにアイゼンガルドの方へ向かうならその南西部が襲われることになる。

大きな湾岸《わんがん》都市がないというのはありがたいが、襲われる都市からしたら冗談《じょうだん》ではないだろう。

「ん？　止まったな。何をしているんだ？」

博士がコンソールを叩《たた》き、モニターの映像を切り替える。

海底にいる『方舟《アーク》』が探査球の暗視装置によって映し出されるが、海中に舞《ま》う土煙《つちけむり》が酷《ひど》くてよく見えない。

なんだ？　穴を掘《ほ》っているのか？

「ははあ。海底資源を掘り起こしているのか」

「海底資源？　あ、それを使ってさらにキュクロプスを量産しているってことか？」

「たぶんね」

『方舟《アーク》』はうちの『工房《こうぼう》』付きの潜水艦《せんすいかん》みたいなものだからなあ……。キュクロプスを量産されるのはあまりよろしくないんだが、この状況では邪魔もできない。

邪魔した瞬間《しゅんかん》に転移で逃げられたら、せっかく見つけたのにまた振り出しに戻ってしまう。

「待てよ？　採掘《さいくつ》しているということは、掘り出した鉱石を取り込んでいるということか？　……ふむ、この土煙に乗じて『方舟《アーク》』に近づいてみよう。中に潜入《せんにゅう》できるかもしれない」

「え？　大丈夫《だいじょうぶ》なのか、それ？」

「まあ、任せたまえ」

博士がコンソールを操作して、監視《かんし》していた卓球《たっきゅう》ボールほどの探査球の一つを『方舟《アーク》』に近づけていく。

どうやら船体の前方の方で海底を掘り、真ん中あたりで取り込んで必要な成分を含《ふく》む鉱石だけを選別、後部から残った土砂《どしゃ》などを排出《はいしゅつ》しているようだ。

探査球はミスリル製なので、取り込まれれば回収されるはず、ということだが……本当に大丈夫か？　なんかそのまま溶鉱炉《ようこうろ》みたいなところに落とされて溶《と》かされたりしない？

「それならまあ、向こうにミスリルの塊《かたまり》が取れたと認識《にんしき》されるだけで……お、うまく回収されたよ」

画面が見ていると酔《よ》いそうなほどシェイクされたあと、大量の砕けた鉱石とともによくわからない場所へ移動させられたらしい。

「『方舟《アーク》』には結界が張ってあるんじゃなかったか？　中の探査球を操作できるのか？」

「外にある別の探査球を中継《ちゅうけい》させて、海中や空気中にある魔素を繋《つな》いでコントロールしている。細い繋がりだが、少なくとも掘削《くっさく》中は大丈夫だ。ちなみにこれが切れたら自爆《じばく》するようにセットしてある。証拠《しょうこ》は残さないよ」

フフフ……と博士が怪《あや》しい笑みを浮《う》かべる。いやいや自爆って……。

どこかへ運ばれた探査球は掘削された鉱石とともにベルトコンベアーのようなものに載《の》せられたようだ。そのタイミングで博士が探査球をベルトコンベアーから空中を飛んで脱《だっ》出《しゅっ》させた。

初めて見る『方舟《アーク》』内部は全体的に薄暗《うすぐら》く、よく見えない。探査球のライトを付けることもできるのだが、さすがにそれは発見される恐《おそ》れがあるのでやめることにしたようだ。

どうやらここは鉱石を溜《た》めておく倉庫のような場所らしい。ベルトコンベアーのウィィンという小さな音だけが響いている。

壁にはいくつかのハッチがあってどこかの通路に繋がっていそうだが、小さな探査球では開けることはできない。

「見ろ、通気口っぽいものがある。あそこから通路へと出よう」

扉《とびら》の上部にあった通気口らしきものに近づくと、いくつかのスリット状になった蓋《ふた》部分を探査球から出したレーザーのようなもので小さくくり抜《ぬ》き、本体を侵入《しんにゅう》させた。

「この手の通気口は基本的にどこの部屋にも繋がっているはずだが……。急がないと掘削が終わってしまうな」

狭い通気口の中を音もなく飛んでいく探査球。そこから届く映像は、まるでダンジョンの通路を進んでいるかのようだった。

中の大きさはわずか二十センチ四方もない。そんな狭く、いくつも枝分かれをしている通気口の中を探査球がゆっくりと進む。

「こっちの方からなにか音がするな。行ってみよう」

探査球が音もなく空中を漂《ただよ》いながら曲がり角を曲がった。一瞬、画像にノイズが走り、探査球が落ちる。しかしすぐに浮かび上がり、また進み始めた。

「むう。そろそろ中継が切れそうだな。その前になにか有益な情報を……お?」

探査球が進む先が明るい。通気管の右側に、部屋と繋がった通気口があるようだ。

横にいくつものスリットがある蓋の隙間《すきま》から部屋を覗《のぞ》くと、そこにはズラっとものすごい数のキュクロプスが並べられていた。

一部空間を歪《ゆが》めて広くしているのだろうか、船体よりも明らかに広く見える。バビロンの『格納庫』と同じような景色がそこには広がっていた。

「こりゃまたずいぶんと量産したな……」

「今まで見たことのない機体もある。新型かな？　技術開発していたのはこっちだけじゃなかったたってことか」

面白《おもしろ》くなさそうに博士がため息を漏らす。

うーむ、なんとか爆弾《ばくだん》とか仕掛《しか》けられんかな。今のうちにここにあるやつを破壊《はかい》できたらすごく助かるんだが。この探査球の自爆でここらへん全部吹《ふ》っ飛ばせない？

そんなことを博士に漏らすと探査球の自爆は証拠を残さず消えるためのもので、時空魔《ま》法《ほう》による爆縮を利用するから吹っ飛ばすのは不可能だと言われた。ちぇっ。

「ぬ？　あれは……」

視角を変えた画面に博士が身を乗り出す。僕も釣《つ》られたようにその画面の場所に目を向けると、見たことのある人物がいるのがわかった。

ペストマスクをした黒いコートの男だ。『方舟《アーク》』を強奪《ごうだつ》（まあ、僕らのものでもないのだが）された時にいた『邪神の使徒』だ。

ペストマスクの男は壁際にある机の上のコンソールを何やら操作している。

そのコンソールの横にはバランスボールほどの赤い結晶体《けっしょうたい》が大きな漏斗《ろうと》のようなものに固定されており、その下には、なにか濁《にご》った赤い液体のようなものが大きな容器になみなみと溜《た》まっていた。

一番上にある赤くてデカい結晶体。僕はその結晶体に見覚えがあった。

あれってフレイと行った、魔法王国フェルゼンのオークションにかけられていた人造魔石じゃないか？　なんであれがここに？

「む？」

気のせいか？　あの液体の一部が少し歪んだような……。いや、気のせいじゃない。あの液体は不気味な蠕動《ぜんどう》を繰《く》り返している。ぐにゃりと軟体《なんたい》物のように波打つさまは不気味な雰囲気《ふんいき》を醸《かも》し出していた。

「まさか……あれはグラトニースライムか？」

「グラトニースライム？」

博士が映像を見ながら呟《つぶや》いた言葉に思わず聞き返してしまう。聞いたことのないスライムの名前だ。

「グラトニースライムは古代魔法時代に人工的に作り出されたスライムだ。なんでも取り込《こ》んで養分にし、どこまでも成長していく。もともとは危険な廃棄物《はいきぶつ》を処理することを目的として作られたのだが、使役《しえき》に失敗、暴走し、巨大化《きょだいか》して開発した小国をも飲み込んでしまった。周辺国の連合軍がなんとか魔結晶《まけつしょう》に封印《ふういん》し、処分したと聞いていたが……」

封印？　ひょっとしてあの人造魔石にその古代スライムが閉《と》じ込められていたのか？

そんなものを使ってなにをしようとしているんだ、こいつらは……嫌《いや》な予感しかしない。

「うん？　誰《だれ》か入ってきたぞ？」

博士の声に考えていた頭を上げると、壁にあったハッチから、誰かが格納庫に入ってきたところだった。

その入ってきた者を見た僕たちは、思わず固まってしまう。

「な……⁉」

「これは……どういうことだ……？」

入ってきた者は人間ではなかった。機械仕掛《じか》けの人形、ゴレムである。それも僕たちが日頃《ひごろ》からよく見ている機体と全く同じ姿。

『金』の王冠《おうかん》、セラフィック・ゴールド。ステフを主人《マスター》とするゴレムが敵本陣《ほんじん》である『方舟《アーク》』の中にいる。どういうことだ？

「検索《けんさく》。『金』の王冠、ゴールド」

『検索中。……検索終了《けんさくしゅうりょう》。1件でス』

僕がスマホでゴールドを検索すると、ブリュンヒルド城の中にピンが一つ落ちた。

『方舟《アーク》』の中のやつは結界に防がれたのだろう。

「ゴールドは城にいるぞ。ってことはこいつは誰だ？」

「同型機か？　『王冠』はそれぞれ一つしかクロム・ランシェスは作らなかったと聞いていたが……。『金』の王冠は二つあるのか？」

『方舟《アーク》』を所持している以上、向こうに『王冠』が存在するとは思っていたが、それはまだ未発見の機体かと思っていた。まさか同型機とは。

『金』の王冠に気がついたペストマスクの男は、なにかを話しかけているが、通気口の中では遠すぎて話している内容まではははっきりと聞こえない。

「あのペストマスクの男が『金』の王冠の契約者《マスター》なのか？」

「わからない……。そもそもステフがゴールドと出会った状況《じょうきょう》も空の穴から落ちてきたと言っていた。それが時空の歪みだとしたら、ゴールドとあの『金』の王冠の同型機二体は過去の世界から飛ばされてきたのかもしれない」

『黒』の王冠であるノワールと『白』の王冠であるアルブスの二体は、クロム・ランシェスの暴走により、時を越《こ》え千年前のベルファストへと流れ着いた。

あの『金』の王冠とゴールドの場合は時元震《じげんしん》による時の歪みだが、同じように時を飛んできた可能性がある。

「なんだ？　スライムが……」

容器の中にいたスライムとおぼしき赤い物体が激しい蠕動を繰り返している。いったいなにが起きるのかと食い入るように見ていた僕《ぼく》らを嘲笑《あざわら》うかのように、画面に砂嵐《すなあらし》のようなノイズが入り、やがてブツッという音とともに真っ暗になってしまった。

「ああ、もう！　時間切れか！」

博士が別の探査球の映像を映し出すと、『方舟《アーク》』は掘削を終えて再び海底を移動するところであった。

侵入した探査球は、通気口の中で爆縮自爆し、チリとなって消えているだろう。

「まあ、いろいろと収穫《しゅうかく》はあった。新型のキュクロプス、グラトニースライム、そしてもう一つの『金』の王冠。どれもこれも面倒な予感がするね」

まったくだ。

しかし、あのスライムをなんに使うつもりなんだろう。かつて国を一つ滅ぼしたという恐ろしいスライムだ。なにかしら対策は考えておいた方がいいかもな。

うちの奥《おく》さんたち、スライム嫌《ぎら》いだからなあ……。そっちの対策も必要かもしれない……。

『我ト同ジ同型機ガ作ラレタカハ不明。故ニ回答不能』

城にステフといた『金』の王冠であるゴールドを捕《つか》まえて、あの同型機のことを問いただしたのだが、結局わからない、という返事だった。

「まあ、ゴールドは起動する前の記憶《きおく》を消されているからね。そんな気はしてたけど」

それを聞いた博士の方は大して落ち込んだ様子もなくただ事実を受け止めていた。

ゴレム、特に古代機体《レガシィ》は再起動の際に経験記録を消すかどうかを選択《せんたく》できる。

これは知識とか記憶も伴《ともな》っているので、普通《ふつう》は消したりはしないらしい。

消すと最初から覚え直しになるからだ。戦闘《せんとう》技術とか、対人スキル、覚えた知識などが全部吹っ飛ぶ。

あまりにも長い間、停止状態《スリープ》だった場合は強制的にリセットされてしまうのだが、経験記録が残っているのならば残さない手はない、というわけだ。

時を越えて現代にやってきたゴールドは一時的な停止状態《スリープ》だったため、その経験記録は

第四章　フレイズの『王』

残っていたのだが、どうやらステフが起動の際に全部消去してしまったらしい。

五千年前の貴重な知識がそれで全《すべ》てパァである。それでも基本的な情報（本人のスペックとか）は残っていたみたいだが。

だから同型機がいたかなんて聞いても、『わからん』としか返ってこないのは当たり前なわけで。

「シルヴァーの方はなにかゴールドの同型機について聞いたことはないか？」

ソファに座《すわ》るステフの横にいた久遠《くおん》が手にする『銀』の王冠に話を振《ふ》ってみる。

『聞いたことないっスね。そもそもクロムの野郎《やろう》は一度作ったもんには興味がなくなるんス。同じのをもう一回作るなんてしねぇっスよ、あいつは。や、初めから二体で一つの作品ってんなら可能性もあるっスけど……』

うーむ、『金』の王冠は双子《ふたご》機体なのか？　それともどっちかがコピーで片方は王冠じゃない？　わからんなあ。

わかっているのは向こうにも『金』の王冠らしき機体があるってことだ。

しかもおそらく経験記録を失っていない機体が。

そいつはある程度、クロム・ランシェスの知識を持っている可能性もある。面倒なことにならなきゃいいが……。

シルヴァーも経験記録を消されていない機体ではあるんだがなあ。

こいつの場合、ほとんどクロム・ランシェスの研究室に固定されてたらしいからな。

さらにいうならこいつは魔法生物でもあるため、作られた初めの方はまだ自我《じが》がなく、記憶も朧気《おぼろげ》なのだそうだ。

それでも覚えていることはいくつかあって、クロムが『黒』と『白』の王冠の【代償《だいしょう》】を使わず王冠能力を使う方法を研究していたこと、その補助《サポート》として『金』と『銀』を作っていたのではないかということだ。

『あっしの場合はおそらくでやんすが、ゴレムと魔法生物の融合《ゆうごう》による自我の萌芽《ほうが》、あたりの研究なんじゃねぇかと思うんでやんすがね』

「まあ確かに他の王冠と比べても、お前の方が人間くさいとは思うけど……」

『でがしょ？　こう見えて実はすごいんでやんすよ、あっしは』

疑似的《ぎじてき》な人格だとしてもこれはすごいことだと思う。他のゴレムでもここまでのは一部の擬人《ぎじん》型だけだ。それだけ学習能力が高いという証拠である。

「まあ、ボクはそれ以上の人工生命体をすでに作っているわけだが。シェスカ、お茶のおかわりをくれたまえ」

「博士のそういウ大人気ナイところ、嫌いデはありませンよ。ドウも、アナタより優《すぐ》れた人工生命体でス」

『ぐぬう！』

シルヴァーにマウントを取りながらメイド姿のシェスカが博士の空になったカップにお茶を注ぐ。

お前らな……。

しかし、確かに人工生命体としてはシェスカたちバビロンナンバーズ（同じボディの博士自身も含む）の方が遥《はる》かに上をいく。

ゴレムスキルなど特殊《とくしゅ》な能力はないが、学習能力は普通の人間を遥かに超《こ》えているしな。

「結局、『方舟《アーク》』にいたあいつが何者なのかはわからないままか」

やはり同型機と考えるのが普通だろう。どちらかが失敗作で、その後作り直した……なんて可能性もあるが、そこまで考えていたらキリがない。

「あとはあのグラトニースライムとやらの対策か。何かあるか？」

「冬夜《とうや》君の【プリズン】で閉じ込めて、火山の火口にでも転移させれば死ぬんじゃないかな？」

「でもスライムの中には火山帯でも平気で生きてるやつもいるだろ？」

レッドスライムとかフレイムスライムとかな。確かマグマスライムってのもいたな。溶《よう》岩《がん》の中に棲《す》んでいるやつ。

あいつらと同じような特性を持っていたら無駄《むだ》なんじゃないのか？

「じゃあ【プリズン】に入れたまま、小さくして圧死させたらいいよ」

ま、それが一番簡単か。【プリズン】は中に閉じ込めた物を一緒《いっしょ》に縮小することもできるし、閉じ込めた物はそのままで圧縮して潰《つぶ》すこともできる。

スライムである以上、その『核《かく》』はどこかにあるはず。それごと【プリズン】で潰せばいい。

「それで結局『方舟《アーク》』には乗り込むのかい？」

「あの潜水ヘルメットの転移使いをなんとかしないと結局逃げられる可能性があるからな。まずはあいつの神器をこちらの神器で封《ふう》じないといけないんだが……」

僕の作った神器の効果範囲は最長で半径五十メートルほどだ。とても『方舟《アーク》』全体をカバーできる範囲じゃない。つまり内部へ入り、潜水ヘルメット男の近くまで行かなくちゃならないってことなんだが……。

「やっぱり潜入作戦かい？」

「そうなるなあ……」

潜入作戦といってもどうやって入り込むって話だ。まさかこないだの探査球みたいに掘削される地下資源と一緒に取り込まれるわけにもいかんし……。

あの潜水ヘルメット男がノコノコと一人で出てきてくれれば話は早いんだが。

神気を使った【異空間転移】で、結界を越えて『方舟《アーク》』に潜入、まではギリセーフだろうか？　直接的に神の力で地上に影響《えいきょう》を与《あた》えたわけじゃないし。

「どのみちまだ少しユミナたちの専用機《ヴァルキュリア》と君のレギンレイヴの調整に時間がかかる。今しばらく『方舟《アーク》』は監視するに留《とど》めておこう」

そうだな。それが終わるまで一時棚上《たなあ》げしておこう。向こうに何か動きがあったらすぐ動かないといけないから、気は抜けないが。

僕がそんなことを考えていると、懐《ふところ》のスマホに着信が入った。

ん？　ザードニアのフロスト国王陛下から？　珍《めずら》しいな。

「はい、もしもし」

『ああ、公王陛下。以前話していたフレイズらしきやつがまた出ました』

「え？」

フレイズらしきやつって……あの氷のカタツムリとかいうやつか？

でもあれは『コールドスネイル』って氷の魔物《まもの》だったんじゃ……。

『今度は馬のような姿をしたやつだったそうです。ただ、氷のような透明《とうめい》な体ではなく、紫《むらさき》がかっていたと……』

「紫の……フレイズ？」

どういうことだ？　金色というならまだわかる。変異種がそうだったからな。しかし邪神がいなくなったことで、特殊な個体は除き、変異種は石のような灰色に変わったはず。灰色でも透明でも金でもなく、紫？　それはフレイズなのか？

ザードニア国王陛下の話によると、目撃《もくげき》したのは例のコールドスネイルが出た近くの村の住民らしい。

付近の山の中で、その紫の馬が魔獣《まじゅう》の四ツ手熊《てぐま》と戦っているところを見たという。紫の馬は頭から伸ばした鋭《するど》い刃《やいば》で、その四ツ手熊の胸を貫《つらぬ》いて倒《たお》すと、そいつには目もくれずに去っていったらしい。

頭から刃を伸ばす、ってのはフレイズっぽいが……。

「検索。紫のフレイズ」

『検索中……0件でス』

やはり検索できない。フレイズではない？　いや、見た目がそれっぽければ、反応するはずだ。

となると検索魔法《けんさくまほう》に引っかからない護符《アミュレット》のような効果、あるいは能力を持っている？

それともそのエリア一帯に結界のようなものが張られているのか……。

その時点でフレイズではないのだが……なにか気になる。

「フレイズとやらが出たんですか？」

ザードニアの国王陛下との電話を切った僕に久遠が尋《たず》ねてくる。

「わからない。その確認《かくにん》のためにちょっとザードニアまで行ってくるよ」

「それでしたら僕も行っていいですか。そのフレイズというのを見てみたいので」

久遠が珍しくそんなことを言い出した。

そうか、子供たちが生まれる前にフレイズはいなくなったから、見たことがないのか。

支配種であるメルたちはしょっちゅう見ているのにな。

まあ、断る理由はないけど……。

「にーさまだけずるいー！　ステフもいくー！」

兄である久遠が遊びに行くとでも思ったのか、ステフが自分も連れていけと駄々《だだ》をこね始めた。

「駄目《だめ》です」

「なんでー⁉」

「ステフはこの後、スゥ母様と勉強すると約束したでしょう？　約束を破ることは？」

「わるいこと……」

むぅ……と、顔をしかめ、ステフが唸《うな》る。おお……あの久遠がお兄ちゃんしてる……。ちょっと感動。

「写真くらいは撮《と》って来ますから。大人しくお留守番していて下さいね？」

「わかった……」

久遠がまだ少し拗《す》ねているステフの頭を撫《な》でて微笑《ほほえ》む。

ほんのちょっと……本当にほんのちょっとだけ、久遠が羨《うらや》ましく思えた。

僕にも妹がいる。世界を隔《へだ》てて会うことはできないが、元気にしているだろうか。何もできない駄目なお兄ちゃんでごめんよ、冬花《ふゆか》。

いつか両親や妹に、久遠ら子供たちを会わせてあげられる時が来るのだろうか？

【異空間転移】をきちんと使いこなせるようになれば、自ら地球に行くことも可能になるというけど、僕の場合、この世界周辺の別世界がせいぜいだ。

神器ができればある程度コントロールしやすくなるというが……もっと頑張《がんば》らないとなあ……。

「じゃあ父上、行きましょうか」

「……ん」

腰《こし》にシルヴァーをぶら下げて久遠がこちらへとやってくる。

ちょっぴり地球にいる家族に思いを馳《は》せながら、僕は氷国ザードニアへの【ゲート】を開いた。

◇　◇　◇

「うっわ、寒っ……！」

【ゲート】を抜けた久遠の第一声がそれだった。

そりゃそんな薄着《うすぎ》でこんな氷の国に来たら寒いに決まってるわ。

僕は耐寒《たいかん》機能もあるコートを着ているから平気だけども。嘘《うそ》です、けっこう寒い。

「【熱よ来たれ、温《ぬく》もりの防壁《ぼうへき》、ウォーミング】」

僕は自分と久遠へ向けて温暖魔法を放った。これで寒さから身を守ることができるはずだ。

【ゲート】を繋げた先は紫《むらさき》透明《とうめい》の馬が出たというザードニアの森の中だ。空は鈍色《にびいろ》に曇《くも》ってはいるが、雪は降ってはいない。

さて、【サーチ】も利かない相手をどうやって探すか。

「その紫の馬に【サーチ】は利かなくても、その馬が通った足跡《あしあと》なんかは検索できるのでは？」

久遠が自分のつけた雪に残る足跡を見ながらそんな提案をしてくる。

悪くはない。ただ、馬の足跡か鹿《しか》の足跡かこの雪に残った足跡だけで僕が判断できるかどうか。さらにいうならフレイズの足跡が馬の形をしているとは限らんし。

「『不自然な動物の死骸《しがい》』とかなら検索できるかな？」

「お言葉ですが、このような森の中で動物の新鮮《しんせん》な死骸があったらあっという間に狼《おおかみ》などの餌《えさ》になっているのでは……？」

むぐっ……。確かに。

冬の山（ザードニアはいつでも冬だが）は獲物《えもの》が少ない。このような環境《かんきょう》下で生きていくのは大変だろう。獲物があればすぐにでも食べ尽《つ》くされてしまう気がする。

『そもそも、なんでやんスが。なんでその紫の馬は熊《くま》公と戦っていたんでやんスかね？餌も食わねえのに』

シルヴァーにそんな疑問を投げかけられて、僕と久遠はなんとなしに顔を見合わせる。

ザードニア国王陛下の話では四ツ手熊を倒した紫の馬はそいつに目もくれず去ったという。つまり餌目的じゃなかったってことだ。

野生のライオンなんかは腹が減っていなければ、目の前を獲物が通り過ぎても襲いかからないとかいうよな。

腹が減っているわけでもないのに紫の馬は熊と戦っていた。まあそいつがフレイズであれば空腹なんて感じるわけがないのだから、食べないのは当たり前だとも言える。

フレイズの目的は人間や亜人《あじん》たちに隠《かく》された『王』の核を探すことだった。そのために人間を食べるわけでもないのに襲っていたわけだ。

『つまり、馬には熊公と戦う理由があったってことっスよね？　熊公が邪魔だった、いなくなればいいという理由が』

いなくなればいい……？　排除《はいじょ》したかったってことか？

熊を危険視していた？　なんでだ？　まさか熊に親を殺されたってわけじゃないだろう。や、可能性はゼロじゃないけど……そんな感情を持っているだろうか。

「熊などの猛獣《もうじゅう》からなにかを守っている……？　子供とかでしょうか？」

久遠の言葉に、おお、なるほど！　と一旦《いったん》頷《うなず》きかけたが、なるほど……？　と僕は首を傾《かし》げた。

フレイズの子供……？　確かフレイズって核から結晶《けつしよう》進化して個体になるから子供時代ってのはなかったんじゃなかったか？

支配種でさえそうだって聞いたぞ。いきなり大人として生まれてくるって。例外は唯一《ゆいいつ》、エンデとメルの子供であるアリスだけだ。

『どっちにしろ、その馬公が猛獣や魔獣なんかを狩《か》ってるとしたらでやんスよ？　そいつらが少ない、あるいはいない場所ってのがあるんじゃないっスかねぇ』

「なるほど！　お前、頭いいな……！」

『わはは！　それほどでもないっスよ！』

久遠の腰で高笑いをするシルヴァー。それを聞いて久遠はなんともうんざりしたような顔をしていた。

「この周辺の魔獣、猛獣の類《たぐい》を検索」

『検索中……検索しましタ』

パッと空中に浮かんだ地図にパパパパパッと赤いマーカーが表示されていく。けっこういるなぁ……。

全体的にまばらに表示されたマーカーだが、一点だけ、空白地帯のようになにも浮かばないところがあった。おっ、ここか？

「割と近いぞ。よし、行ってみよう。【テレポート】」

久遠の肩《かた》を抱《だ》いて一緒に【テレポート】でその場所へと転移する。

一瞬《いっしゅん》で風景が切り替《か》わり、鬱蒼《うっそう》とした針葉樹が生い茂《しげ》る森の中に僕らは立っていた。

「確かに猛獣、魔獣の類は見えないけど……」

森の奥からガサっと熊でも出てきそうな雰囲気はあるのだが。

その時、ひゅっ、と風を切るような音が聞こえ、僕は反射的に腰のブリュンヒルドを抜き放って、向かってきたそれを打ち払《はら》った。

キィン、と甲高《かんだか》い音と共にそいつが弾かれて目の前の空中を舞う。

それは紫に透《す》き通り、先端《せんたん》が鋭い帯のような形をしていた。

再びシュッ、と風を切るような音がして、その帯が繰り出された根本へと戻《もど》っていく。

そこには額から剣《けん》のようなものを生やした、足が六本ある紫水晶《アメジスト》のような馬が立っていた。

馬といっても馬のような形をしているだけで、目も口もなければ耳もない。尻尾《しっぽ》っぽいものはあるが……。

「いたな」

「ですね」

紫がかってはいるが、見た目はまさにフレイズだ。首の根本あたりに濃《こ》い紫の核が見える。

だけどあの核……なんか変だな？　なんというか、多面体のようなカクカクとした感じがする。

紫水晶《アメジスト》フレイズは先端が細くなった足で雪面を蹴《け》りながら、こちらへと突進《とっしん》してくる。

その額には剣状の刃があり、先ほど巻尺のように伸《の》び縮《ちぢ》みして僕らを攻撃《こうげき》してきたのもそれだ。

「【アポーツ】」

手っ取り早く核を抜き取ろうと紫水晶《アメジスト》フレイズにむけて【アポーツ】を発動する。

が、僕の手にはなにも引き寄せられず、空振《からぶ》りに終わった。

フレイズには魔法は効かない。正確には効かないのではなく、その体表面に魔法が当たると自分の魔力《まりょく》として吸収してしまうのだ。これは僕の持つ【アブソーブ】と同じ効果だといえる。

あくまで体表面に触《ふ》れた魔法は、なので、内部に干渉《かんしょう》する【アポーツ】は利くはずなのだが……。

あ、と一つ思い当たった。

【アポーツ】は繋がっているものを無理やり引き寄せることはできない。

いや、できなくはないのだが、あくまでそれは僕が『手で簡単に引き剥《は》がせる』レベルのものになる。

ちょっとグロい例だが、人間の肝臓《かんぞう》や心臓、そういったものだけを引き抜くことはできないってことだ。

目玉はできるかもしれないが……やりたくない。

肉体に入り込んだ弾丸《だんがん》や鏃《やじり》ならば引き寄せることはできる。

フレイズの核は周りの水晶体《すいしょうたい》と融合してはいない。体を破壊すると、核だけごろっと取れるからな。

ひょっとしたらフレイズとは違《ちが》って、あの紫水晶《アメジスト》フレイズは核が体組織と一体化しているのか？

再び伸ばしてきた剣を打ち払いながら、とりあえずブリュンヒルドで核を撃《う》ち抜いてみようとガンモードに変形させ、狙《ねら》いを定めた。

しかし次の瞬間《しゅんかん》、紫水晶《アメジスト》フレイズの核に亀裂《きれつ》が入り、そのままガラガラと馬本体の部分も粉々に砕《くだ》け散ってしまった。

いきなりの展開に僕はポカンとしてしまう。

え？　なんで？

振り向くと、久遠の片目がレッドゴールドの輝《かがや》きを放っている。あれは……【圧壊の魔《ま》眼《がん》】だったか？

そうか、核を【圧壊の魔眼】で壊《こわ》したのか。

ていうか、それだけでフレイズを倒せるって、反則もいいとこだろ……。威力《いりょく》に限度があるから下級種以上は無理かもしれないけど、それでも睨《にら》むだけで壊せるなんてとんでもない能力だよな……。

『ひゅー。さすが坊《ぼ》っちゃんだ。親父《おやじ》さんが手こずってた相手を一発で仕留めるたあ、見事なもんだ』

「別に手こずってたわけじゃないぞ……」

ちょっと様子見をしようとしただけだい。

言い訳っぽいセリフを吐《は》きながら、雪の上で粉々になった紫水晶《アメジスト》フレイズに近づいて、そのカケラのひとつをつまみ上げる。

ふむ。見た目は普通の紫水晶《アメジスト》のように見えるな。宝石のようにキラキラと輝いて見える。これも晶材《しょうざい》になるのだろうか。博士やクーンが喜びそうだな。

とりあえず砕けた核も含《ふく》めて全部【ストレージ】で回収しておく。こいつを調べれば何かわかるだろ。

「あの、父上」

「ん？　なに？」

久遠を振り返った僕は、思わず言葉を呑《の》んでしまう。

そこには赤、青、黄、紫、緑、黒……さまざまな色をした水晶《すいしょう》の獣《けもの》がこちらへと向けて、歩を進めていたのだ。

「団体さんのお出ましか」

「そのようですね」

僕はブリュンヒルドを構えながら、今度は息子《むすこ》にいいところを見せようと、少し邪《よこしま》な考えを巡《めぐ》らせていた。

◇　◇　◇

「あ、父上、そっちにも落ちてます」

「はいはい」

僕は雪原に散らばりまくった色水晶のかけらを片《かた》っ端《ぱし》から【ストレージ】に回収していた。

息子にいいところを見せようと意気込《いきご》んではみたが、結果は息子無双《むすこむそう》による蹂躙劇《じゅうりんげき》で、僕の出番などなかった。

だって睨みつけるだけで倒せんだよ……？　どう対抗《たいこう》しろと。

それでもなんとか二、三体くらいは倒したけどさあ……。

おかげで辺りは散らばった色水晶のかけらでいっぱいだ。回収するのも手間である。いつもなら地面に【ストレージ】を開いて落とすんだが、雪の上に落ちているから雪ごと落とすことになるんだよね。

というか、このかけら、晶材なのかね？　水晶というより、色がついているから宝石みたいなんだが。

一つのかけらに魔力を流して試《ため》してみたが、晶材と同じような効果はあるようだ。

ただ、フレイズの晶材と比べると、かなり質が悪いようにも感じる。すぐ魔力飽和量《まりょくほうわ》がいっぱいになるし、耐久性《たいきゅうせい》もそこまで高くない。まるで偽物《にせもの》の晶材みたいだ。

「ニセモノ……？　まさかこいつらってメルから聞いた、ユラが研究していたっていう人エフレイズなのか……？」

宝石フレイズ（と今はしておく）のかけらを回収した僕たちは、雪の積もる森の中、空白地帯の中央部へと歩いていく。

空を飛んでもいいんだが、この針葉樹の森では視界が遮《さえぎ》られて下まで見えにくい。地道に歩いて探した方がいいと思う。

「久遠、大丈夫《だいじょうぶ》か？　疲《つか》れたら言うんだぞ？」

雪中行軍をする羽目になった久遠を振り返る。辛そうなら【レビテーション】で浮《う》かばせてあげようと思ったのだ。

「ええ、これくらいなら特には。あ、父上、ちょっと待ってください」

「ん？　なにかあったか？」

ガキャッ！　という音がして横を見ると、久遠が見つめる先にいた青い宝石フレイズらしきものがガラガラと崩《くず》れていくところだった。久遠の片目がレッドゴールドに輝いている。

いやホント、こいつらにとって久遠って天敵じゃないの？

散らばった青いかけらも回収しておく。これはサファイアみたいだ。確かルビーとサファイアって同じ物なんだっけか。

そんなことを思いながら回収していると、森の奥からガサッ、ガサッと、再び団体さんが現れた。

おいおい、いったい何体いるんだよ？

そんな僕の疑問には問答無用で襲《おそ》いかかってくる宝石フレイズたち。

しかし僕がブリュンヒルドを抜《ぬ》く前に、襲いかかってきた宝石フレイズたちは、ガキャッ！　ガキャッ！　っと久遠の魔眼によって次々と破壊《はかい》されていく。

こりゃまた久遠無双《くおんむそう》だなぁ……。

襲ってきた宝石フレイズたちを倒し（ほとんど久遠がだが）、僕らはさらに森の奥へと進む。

進むに連れて襲いかかってくる宝石フレイズたちの数が増えていったが、やがてぱたりとその襲撃《しゅうげき》が途絶《とだ》えた。

諦《あきら》めたか？　……そんなわけないか。

「なんだろう。なんかさっきから耳鳴りがするな……」

「父上も？　僕もです」

キーンとした高い音がさっきからずっと耳に届いている。どうやら久遠もしているらしい。

僕らが耳を押《お》さえていると、久遠の腰にあるシルヴァーが話しかけてきた。

『それ、耳鳴りじゃないでやんスよ。あっしらが進む先からいろんな音の波が放たれてるんス。普通の人間なら拾えない音っスけど』

進む先から？　やはりこの先になにかあるのは間違《まちが》いなさそうだ。

さらに注意深く進む。やがて森を抜けたかと思ったら、目の前に広がったその光景に僕らは絶句してしまう。

森の中にポッカリと直径百メートルはあろうかというクレーターが現れたのだ。

ただのクレーターではない。その内側にはいくつもの大きな結晶柱が、まるで水晶クラスターのようにそそり立っている。

さまざまな色の水晶の柱があちこちから生えているその光景は、美しくもなにか怖《こわ》い印象を受けた。

よく見るとそれぞれの結晶柱には野球ボールのような大きさの、同じ色の核が閉《と》じ込《こ》められていた。

まさかこれって……！

「父上、あれを」

久遠の指し示す先の黄色い水晶柱が根元からバキリと折れた。

地面に倒れた水晶柱がパキラパキラと増殖《ぞうしょく》するように形を変えて、あっという間に黄色い水晶の熊の姿となって立ち上がった。

まあ、立ち上がったと同時に久遠の魔眼で潰されてしまったが。

「この柱一本一本がフレイズなのか？」

「どうやらそのようですね。僕らを襲ってきたやつらもここから生まれたのでしょう」

本物のフレイズもこんな風に生まれるのだろうか。ふと、クレーターの中心部を見ると、なにかが立っているのが見える。水晶柱か？　それにしては他《ほか》のやつと違い、高くて透明なやつだ。四角柱で先端が尖《とが》っているけども。

さすがにこのクラスターの中を歩いていくのは躊躇《ためら》われたので、久遠を背負って【フライ】を使い、上空から近づく。

まるでオベリスクだな。というか、ひょっとしてこれってここに落ちてきたのか？

あの柱を中心にクレーターが広がり、クラスターができている。そう考えるのが普通だろう。

ずいぶん高いところから落ちてきたように思えるが……。

空を見上げてみるが、特に何もない。

「あれは……！」

「ん？」

背中の久遠が息を呑むのがわかった。珍しいな、この子がこんなに驚《おどろ》くなんて。なにがあった？

水晶のオベリスクには特に変わったところはない。

……………いや、中になにかあるな。よく見えないが、丸い……もしかしてあれも宝石フレイズの核か？

オベリスクの前に降り立つと、僕《ぼく》の背から降りた久遠が小走りで近づいていく。

「やっぱりこれはあの時の……」

「どうしたんだ？　これに見覚えがあるのか？」

オベリスクに触れる久遠に尋ねてみる。

透明なオベリスクの中には宝石フレイズの核らしきものがあったが、普通の核とはちょっと違っている。

先ほどまでの宝石フレイズの核は野球ボールほどの大きさだったが、これはピンポン玉くらいの大きさで、なんとも不思議な色をしている。赤のようでもあり青のようでもあり、黄色のようにも見える。虹色《にじいろ》と言えばいいのだろうか。

「これは僕たちがこの時代に来るきっかけとなった物かもしれません」

「んん……？　どういうこと？　久遠たちは次元震《じげんしん》でこっちの時代に飛ばされたんじゃないの？」

「未来の世界で僕たちは休日に冒険者《ぼうけんしゃ》ギルドの依頼《いらい》を受けていました。ベルファストの森に現れたカイザーエイプの群れの討伐《とうばつ》です。みんなピクニック気分で森の中を探索《たんさく》していたのですが……」

カイザーエイプってキングエイプの上位種でピクニック気分で狩る魔獣じゃないんだけど……。

僕はそんな心の突《つ》っ込みをそっとしまい込み、とりあえず久遠の話を聞くことにした。

◇　◇　◇

「【晶輝切断《プリズマギロチン》】！」

「【グラビティ】！」

『ブゴェエエエッ!?』

アリスとリンネが放った一撃《いちげき》が同時にカイザーエイプを吹《ふ》き飛ばす。その身を弾けさせ、バラバラに。

「やった！　これで三十匹目《ぴき》！」

「今のは私の方が先だったよー！　私が三十四匹目！」

アリスとリンネがどちらが先に倒したかと言い争いを始める。

その光景を見ながら、はぁぁぁぁ……と、深いため息をつく八雲《やくも》とフレイ、そしてクーンの年長組三人。

「だから素材を傷つけない攻撃をしろって言ってるのに……」

「八雲姉様、あの二人にはもうなにを言っても無駄なんだよ」

「まあ、カイザーエイプの素材はそこまで高くはないですし、許容範囲《はんい》ですわね」

そこまで高くない、とクーンは口にしたが、実際には一般《いっぱん》家庭が二年は働かなくてもいいほどの価値がある。クーンの言う価値とは、魔工学における価値であり、一般的《いっぱんてき》なそれとは金銭感覚が明らかにズレていた。

倒したカイザーエイプのバラバラになった肉体を、とりあえずフレイが【ストレージ】で回収する。価値は下がっても、お金にはなる。捨てていくなどもったいないことはしない。

「アーシア、次のカイザーエイプは？」

「ええと……ここから北の方に五匹ほど固まっていますわね」

八雲の質問に【サーチ】を使えるアーシアが答える。

「五匹か……。だいぶ狩ったと思ったけど、まだいるとは……」

「カイザーエイプは数十年に一度、爆発的《ばくはつてき》に増えることがあるそうですわ。それが今年なのかもしれません」

八雲のボヤきを聞いたクーンが説明する。魔獣のどの種にも繁殖期《はんしょくき》というものがあり、好条件が揃《そろ》うと、爆発的に増えることもある。

それが元で近場の餌がなくなり、遠い地まで餌を求めて大移動を開始、それに追われるように他の魔獣が生息圏《せいそくけん》を移動、やがて集団暴走《スタンピード》になってしまう事例もあった。

故に増えすぎた魔獣は危険であり、討伐対象なのである。

「リンネねーさまたちばっかりずるいー！　ステフもやるー！」

「えー……ステフがやると木とか薙《な》ぎ倒しちゃうじゃん」

ステフの主な攻撃は【プリズン】を纏《まと》って【アクセル】で高速移動、そのまま体当たり、という、いたってシンプルなものである。

が、この攻撃方法を木の密集した森の中でやると、周りの木々を片っ端から破壊して進むことになる、とてつもなく迷惑《めいわく》な環境破壊《かんきょうはかい》の技になるのだ。

「ステフが薙ぎ倒した木はちゃんと回収して材木問屋に卸《おろ》す予定ですから、大丈夫ですよ」

「そういうことじゃないと思うけど……」

どこか的外れなフォローをする久遠《くおん》にエルナが困ったような笑《え》みを浮かべる。

たぶん久遠の中では薙ぎ倒しても無駄にしないのならばOKということなのだろうが、だからといってどんどん薙ぎ倒してもいいということにはならない。

「いい？　これはちゃんとした依頼なのだから、気を抜かずにやること。ステフも周りに気を配って動くように。わかった？」

「「「はーい……」」」

八雲に嗜《たしな》められ、少ししょんぼりした返事を寄越《よこ》すリンネ、アリス、ステフの三人。

「よし、じゃあ──」

「ちょっと待って。なにか聞こえるよ？」

「え？」

八雲の言葉を遮って、ヨシノが視線を宙に向け、耳に手を当てる。

母親である桜《さくら》ほどではないが、ヨシノも耳はいい。そのヨシノがなにかを聞きとめた。

その場にいる全員が息を飲み、黙《だま》り込む。

森の中に生息する鳥の鳴き声、風による木々のざわめき、そういった自然の音がそれぞれの耳に飛び込んでくるが、特になにもおかしな音は聞こえない。

「こっちから変な音がする。なにかが割れるような……。ほら、また」

ヨシノの言葉にみんな耳を澄《す》ませてみるがやはり聞こえない。

「私には聞こえないけど、ヨシノが言うんだからなにかあるんでしょうね。行ってみましょうか？」

「そうですね。カイザーエイプの方は場所が分かりますし、後でも問題ないでしょう」

クーンの言葉に久遠が頷《うなず》く。特に誰《だれ》も反対はしなかったので、ヨシノが歩く方へとみんな揃って歩いていった。

やがて森の開けた場所に出たとき、宙に浮かぶ『それ』がみんなの目に飛び込んできた。

空に亀裂が入っている。

鏡やガラスにヒビが入ったように、空に亀裂が入り、その亀裂が時間と共に、パキラパキラと音を立てて大きくなっていくのがわかった。

「これは……」

初めて見る光景に、その場にいた全員がそれに注目していた。

彼《かれ》ら彼女《かのじょ》らの父母がこれを見ていたら、間違いなくその場から距離《きょり》を取ったはずである。

やがてガラスを割ったかのような破壊音と共に空が裂《さ》けて、空間にポッカリと裂け目《め》ができた。

そこから、ずるり、となにかが滴《したた》り落ちてくる。

透明な、液体……にしては粘度《ねんど》のある、スライムのような『それ』は、次元の裂け目のある空からだらだらと地面に落ちていく。

やがて地面に落ちたその軟体《なんたい》物はゆっくりと波打つように蠕動《ぜんどう》を始めた。

「スライムかしら……？」

「スライムにしては大きくない？」

アーシアとヨシノが目の前の蠢《うごめ》く物体を見て、そんな感想を漏《も》らす。

確かにスライムにしては大きい。普通《ふつう》の標準サイズのスライムならバケツに入るほどの大きさだが、このスライムは風呂桶《ふろおけ》三、四杯《はい》ほどもあると思われる。

「ビッグスライムという種がいるのは聞いたことがあるけど……」

クーンのいうビッグスライムとは巨獣《きょじゅう》化していない、大きなスライムのことだ。スライムは長い年月同じ場所に複数の個体がいると、同化して大きなスライムになるという。

しかしこのビッグスライムは動きが遅《おそ》く、また発見されやすくもあるため、すぐに討伐されてしまうらしい。

「本当にスライムなのかな……？　スライムだとしたらウォータースライム？」

「水に擬態《ぎたい》するやつ？　色が透明だし、そうかも」

エルナの憶測《おくそく》にアリスが首肯《しゅこう》する。ウォータースライムは水に擬態し、獲物を捕食《ほしょく》するスライムである。臆病《おくびょう》な性質で、自分より大きな獲物は襲わない。人間にとっては比較的《ひかくてき》害のないスライムだ。

が、ここまで大きいと、人間さえも捕食対象である可能性がある。

「あっ、動くんだよ」

フレイが声を上げ、皆《みな》が注目する中、スライムの一部がぐにょんと大きく伸びた。

それはまるで弧《こ》を描《えが》く槍《やり》のように、子供たちへと襲いかかった。

しかし、その透明《とうめい》な槍は久遠の目がイエローゴールドの光を放つや否《いな》や、子供たちの元へ届くことなく、空中に固定されてしまう。

久遠の【固定の魔眼】である。

「はっ！」

抜き放った八雲の刀がスライムの触腕《しょくわん》を一刀両断に斬《き》り捨てる。久遠が目を瞬《まばた》くと、固定されていた触腕がドサッと地面に落ちた。

思っていたよりも重い音に、フレイが落ちた触腕を軽く槍の先で突くと、キン、と金属のような硬《かた》い感触《かんしょく》と音がした。

「切り離《はな》した部分が一瞬にして固体化したんだよ。本体から離れると硬質化《こうしつか》する？　スライムってこんな性質あったっけ？」

「スライムはいろんな種類がいますから。特殊《とくしゅ》な種なのでは……まあ、空の切れ目から出てくる時点でまともなスライムではないのでしょうけれども」

首を捻《ひね》るフレイにクーンが自分の見解を述べる。その特殊なスライムは未《いま》だにグニグニと蠕動していたが、先ほどのように攻撃はしてこない。こちらを警戒《けいかい》しているのか？　と八雲は訝《いぶか》しむ。

「あ！　見て見て！　あそこ！　なんか丸いのがあるよ！」

リンネの指差すスライムの中央部あたりに、ピンポン玉ほどの小さな丸い金属のようなものが見える。

赤や青、黄色や紫《むらさき》と、いろんな色に変化する虹色の小さな球体だ。

「なにかしら……？　ゴーレムの『核《かく》』みたいなもの……？　なら、あれを壊せば倒《たお》せるかもしれないわ」

クーンの言葉に、なるほど、と八雲とフレイがそれぞれ刀と槍を構えて前に出る。

それに対してスライムが少し後退する。蠕動が緩《ゆる》やかになり、弱っているような印象を皆に与《あた》える。

「……あの子、なんかへん」

「そりゃ……まあ、変でしょう。あんなスライム、見たことがありませんし」

突然《とつぜん》そんなことを言い出した妹に、久遠が少しだけ眉根《まゆね》を寄せる。

「そうじゃなくて……なんとなくあの子の気持ちがわかるの。なにかをまもろうとしてる……？」

「気持ちがわかる……？　それはいったいどういう……」

久遠がステフに問いただそうとしたその時、突然、ドガン！　と間近で何かが爆発《ばくはつ》したような衝撃《しょうげき》をその場にいた全員が受けた。

身体が吹き飛ばされるような衝撃を受けながら、痛みは全く無い。

平衡《へいこう》感覚が失われ、自分たちがどこに立っているのかもわからない。気がつくとそれぞれが先ほどまでとは違う場所に立っていた。

と、言ってもまるきり別の場所に立っていたわけではない。元の位置よりわずか数メートル、前にいったり後ろにいったりだ。

「見て！　空が……！」

リンネの声に全員が空を向く。そこにはとてつもない速さで沈《しず》もうとする太陽が見えた。

太陽が慌《あわ》てるように西の空に沈むと、今度は追いかけるように東の空から月が昇《のぼ》る。

しかし今度は昇っていた月がピタリと止まり、再び東の空へと戻っていく。そして西の空に夕陽が、、、昇る。

「これはいったい……！」

森の一部が消えて、町の景色が見える。突如足下《とつじょあしもと》が石畳《いしだたみ》になり、荒地《あれち》になり、氷になる。木が枯《か》れたかと思うと、若木がにょきにょきと伸びて青々とした葉を茂らせた。

「時間と空間が暴走している……!?」

クーンが周囲を見ながらそう呟《つぶや》いたとき、空がぐにゃりと歪《ゆが》んだ。

それにつれて空間の亀裂が大きく音を立てて広がっていく。スライムの虹色の核がチカチカと明滅《めいめつ》する光を放ち、やがて目を開けられないほどの光を放ち始めた。

「八雲お姉様！　【ゲート】を！」

「やっている！　開かないんだ！」

「【テレポート】もダメー！」

八雲とヨシノの声を聞き、クーンは焦《あせ》った。転移系魔法《まほう》が使えない？　ここの空間が歪められているから座標が定まらないのか？

などと、予想したその瞬間、クーンたちは先ほどとは比べ物にならない衝撃を受け、一瞬にして気を失った。

◇　◇　◇

全員、気がつくと真っ暗な闇《やみ》の中にいた。闇であるはずなのに、お互《たが》いがはっきりと見える。十人全員目を覚まし、怪我《けが》もなく無事のようだ。

まるで無重力空間にいるように、それぞれ上下左右いろんなところに浮いている。いや、天も地もわからないから浮いているかどうかも判断できない状況《じょうきょう》だ。

久遠が辺りを見回すが、自分たち以外の姿はなにも見えず、ただ深淵《しんえん》なる闇が見えるだけ。

一瞬、自分たちはあの衝撃で死んでしまったのではないかと最悪な考えが頭に浮かぶ。

軽く手を握《にぎ》る。感覚はある。息もできるし、自分の鼓動《こどう》も感じられる。

生きてはいる。となると、次にここはどこなのか、という疑問が湧《わ》く。

「ここは……」

「ここは次元の狭間《はざま》。外界と遮断《しゃだん》された世界の結界の外よ」

不意に声がした方に振《ふ》り向くと、そこには見知った老女の姿があった。

『時江《ときえ》おばあちゃん！』

「はい、時江おばあちゃんですよ」

時と空間を司《つかさど》る時空神はにっこりと子供たちへ向けて微笑《ほほえ》んだ。

右も左も天も地もない真っ暗な空間に漂《ただよ》う久遠たちの前に、生まれた頃《ころ》から見知っている時江が現れた。

それだけで子供たちはホッとした安心感を得た。

ブリュンヒルドで彼女に逆らえる者はいない。あの剣神・諸刃《もろは》や武神・武流《たける》でさえ子供扱《あつか》いで、国王である冬夜でさえ頭が上がらないのだ。

そんな時江のことをアリスも含め、子供たちはみんな大好きだった。

「時江おばあさま。次元の狭間とは？　なぜ私たちはここに？」

闇夜《やみよ》の空間に浮かびながら、クーンが時江に尋《たず》ねる。

「ええとね、みんなは『次元震』に巻き込まれてしまったの」

「『次元震』？」

聞きなれない言葉にクーンが首を傾げる。

「地上では滅多《めった》に起こらない現象なのだけれど……。そうね……みんなはトランポリンって知ってるわよね？」

「遊戯室《ゆうぎしつ》にあるやつ？　あたしあれ好き！」

時江のたとえにリンネが元気に手を上げる。ブリュンヒルド城にある遊戯室は、子供たちがよく遊ぶ場所の一つだ。リンネは体を動かす遊びが好きなので、トランポリンは特にお気に入りだった。

「みんながトランポリンの上に座《すわ》っているところに、誰かが『ドーン！』って飛び込んできたらどうなるかしら？」

「え？　みんな上に跳《は》ねちゃうと思うけど……？」

「そうね。それが今のこの状態。みんなは元いた世界の時間と場所から放《ほう》り投《な》げ出されてしまったの」

時江の説明に子供たちはなんとなくだが、自分たちの置かれている立場を理解した。いや、リンネとアリス、それにステフはイマイチ理解しているかが微妙《びみょう》だったが。

「次元震に巻き込まれてしまうと、永遠にこの次元の狭間を漂うことになるの。運が良ければどこかの時代に流れ着くこともあるけど……ああ、安心して。あなたたちは私が責任を持って元の時代に帰してあげるから」

時江の言葉に久遠は一瞬ヒヤリとしたが、どうやら帰ることはできるらしいと胸を撫《な》で下ろす。

「ただねえ……みんなは過去へ向かう逆流の波に落ちたから、ここから出ると過去の世界へ出てしまうの。本当ならそこから元の時代に跳ばせばいいのだけれど、ちょっと問題があって……」

時江が『困ったわ』と言わんばかりの表情で頬《ほお》に手を当てる。

「『邪神《じゃしん》の使徒』って人たちがね、いろいろと悪さをするかもしれなくてね。万が一なにかあると困るから、ここを抜けたらしばらくあなたたちには過去の時代に留《とど》まっていてほしいのよ。あなたたちがまだ生まれていない、お父さんやお母さんたちが今よりも若かった時代でね」

「過去の時代……ですか。しかし過去に行って、もしも僕らがなにか歴史を変えてしまったりすると未来の……僕らの時代になにか影響《えいきょう》が出てしまうのでは？」

久遠がそんな懸念《けねん》を話す。クーンも同じような考えをしていたようで、時江の方をじっと見ていた。

「それは大丈夫。時の流れが分岐《ぶんき》したとしても、私の力で元に戻《もど》せるから。だけどさっき言った『邪神の使徒』が関《かか》わると、微妙に食《く》い違う未来ができてしまうかもしれないのよ。

それは避《さ》けたいの。だから問題が片付くまで、あなたたちには過去の世界でのんびりとしていてもらえる？」

「のんびりと……ですか」

久遠が微妙な面持《おもも》ちで首を傾《かし》げる。何はともあれ過去に行ってしまうのはどうしようもないらしい。

「あなたたちは向こうの時代で、それぞれ何週間かズレて出現するから連絡《れんらく》がつかなくても心配しないでね。場所もいろんなところに出るから、真《ま》っ直《す》ぐブリュンヒルド《おうち》を目指すこと。いい？」

全員スマホを持っているので場所は確認《かくにん》できるはずだと久遠は頷いたが、このうち何人かはそれを落とすことになるとは夢にも思っていない。自分がその一人だとも。

しかし過去の時代という未知の世界に出て、果たして全員が真っ直ぐブリュンヒルドへ向かうか怪《あや》しいな、と久遠は思っていた。特にステフやリンネ、クーン、ヨシノ、アリスあたりは。

時江はその他にも向こうの親にはあまり未来のことを話してはいけないなど、いくつかの決まりごとを子供たちに含ませた。

正直に言えば、迂闊《うかつ》に話してしまってなにか歴史が変わったとしても、時空神の力でどうにでもなる。

しかし、時江とて面倒《めんどう》な仕事はできるだけ避けたい。いくつものタイムパラドックスを処理するのは大変なので。

「じゃあさっさとこんな暗い場所からは出ちゃいましょうか。それじゃみんな頑張《がんば》ってね」

時江がパン、と手のひらを打ち鳴らすと、久遠たちは津波《つなみ》に流されるように暗闇《くらやみ》の中を流されていった。

やがて久遠の目に飛び込んできたのは青い空と真っ白な雪原。そして冷たい冷気が柔肌《やわはだ》を襲う。

「えっ？　わっ⁉」

久遠が出現した場所は雪が降り積もる急な坂道の上であった。

落下——そのまま着地、とはいかず、足を取られ、雪の上に転んでしまった久遠はそのまま坂道をゴロンゴロンと転がり落ちる。

なんとか止まろうとするが、けっこう急な坂らしく、転がる勢いは止まらない。

「あいた⁉」

段になっていたところで跳ね、さらにゴロゴロと加速する。

だいぶ長い間転がった雪まみれの久遠は木にぶつかってやっと止まった。

落ちてきた雪を掻《か》き分け、久遠がなんとか雪の上へと脱出《だっしゅつ》する。

「こ、これは想定外でしたね……うわ、さむっ！」

ふらつく頭を抱《かか》えて立ち上がる。どうも起伏《きふく》の激しい雪山に出たようである。天気はいいが、どうにもこの寒さは久遠でも厳しいものがあった。

「と、とにかく町を目指しましょう。えっと……あれ？」

あれ？　あれ？　あれ？　と久遠は身体中《からだじゅう》のポケットというポケットを叩《たた》くが、いつも持っているスマホの姿がどこにもなかった。

「落とした……？」

久遠は自分が転がり落ちてきた道を見上げる。ずいぶんと上の方から転がってきたらしく、斜面《しゃめん》に右に左に蛇行《だこう》したあとが見られる。

ここのどこかにスマホを落としたらしい。

「探すのはちょっと今は無理ですね……」

ぶるっと震《ふる》える身体を抱《だ》きしめて久遠がそう判断を下す。こんな薄着《うすぎ》で探していたら間違いなく凍え死《こごじ》んでしまう。

久遠はすぐに考えを切り替《か》えた。

スマホを探すよりまずは町へ向かわないと。そこからブリュンヒルドへ行くルートを模《も》索《さく》しよう。

ここがどこかはわからないが、ある程度の世界地図は頭に入っている。国がわかれば対処のしようもある。

とりあえず麓《ふもと》の方へ向けて久遠は雪道を歩き始めた。

◇　◇　◇

「────とまあ、そんな感じで僕らは『次元震』に巻き込まれたわけです」

「なるほど。つまり久遠が未来の世界で見つけた謎《なぞ》のスライムの核がこれじゃないかって言うんだな?」

僕はあらためてピンポン球ほどの核が入っているオベリスクを見上げた。

この状況を見る限り、こいつは上から落ちてきた……と見るのが正しいと思う。

このガラスのようなオベリスク……もしかしてそのスライムが変化したものじゃないのか?

さっきの話だと切り落としたスライムは金属のように固体化したというし、こいつは全身がそうなってしまったのでは？　だとしたらこいつはもう死んでいるのかもしれない。

こいつも『次元震』によって、未来の世界からここへ来た……果たしてこいつが『次元震』を起こして久遠たちを巻き込んだのか、それともまったく関係なく、久遠たちと同じく『次元震』に巻き込まれた被害者《ひがいしゃ》なのか。

どっちにしろ、こいつの出現した過程がフレイズと同じってのが気にかかる。

それにあの宝石フレイズも。フレイズと全く無関係……ってことはないと思う。

「【ストレージ】で収納してメルたちに見てもらうか」

元・フレイズの『王』だ。なにかしら情報は得られると思う。

「【プリズン】」

万が一を考えて、オベリスクごと【プリズン】で閉じ込めておく。そして【ストレージ】で収納っと。

あとはクレーターの中にある宝石のようなクラスターを一つ一つ壊《こわ》して回る。また宝石フレイズがここから出現しても困るしな。

実際に壊していている間にも何体か宝石フレイズが生まれているのだが、久遠が片《かた》っ端《ぱし》から魔眼《まがん》で潰《つぶ》していっている。

潰す前に写真を撮《と》っていたが、ステフに見せる用らしい。そういやそんな約束してたっけ。エライ。お兄ちゃんだな。

クラスターの砕《くだ》いたかけらはなにかに使えるかもしれないので、これも回収しておく。バビロン博士なら細かく分析《ぶんせき》できるだろ。

数十分をかけて、クレーターにあったものを一切合切《いっさいがっさい》懐《ふところ》に収めた僕らは、生き残りの宝石フレイズがいないか近辺を探索した。

なにせ【サーチ】が利かない相手だ。とにかく探すのが面倒くさい。

近くで二体ほど見つけ、それを破壊して回収したが、それで打ち止めのようだった。

結局この宝石フレイズはなんだったのだろう。まるであの虹色の核を守る護衛のようだったと僕には感じられた。

とにかくこれらを持ち帰ってメルたちに見てもらおう。少しでもなにかわかるといいのだが。

◇　◇　◇

「これは……！」

あいにくアリスは城で淑女《しゆくじよ》教育、エンデは冒険者ギルドで仕事と家にいなかったが、僕らが持ち帰ったものを見て、メルたちが目を見張っている。

エンデの家の庭で、持ち帰ったオベリスクといくつかの砕けた宝石フレイズを【ストレージ】から取り出した。メル、ネイ、リセの支配種の三人がそれを興味深そうに見ている。

「見覚えは？」

「ユラが計画していた人工フレイズ、『クォース』に似ている……と思います」

メルが比較的形を保っていた鹿型《しかがた》の宝石フレイズを見ながらそう口を開いた。

似ている、か。やっぱりこいつらはユラの作った人工フレイズなのか？

「ですが、ユラの作っていた人工フレイズはこのような核ではありませんでした」

メルは綺麗《きれい》に真っ二つに割れた五角形を貼《は》り合わせた正十二面体の宝石フレイズの核を手にそう断言した。けど、開発が進み、その形になった……という可能性だってあるからなあ。

「そっちの虹色の核は？」

「いえ、こっちの方は全然……。しかしこの核はわずかにですが、『響命音《きようめいおん》』を出しています。聴《き》き取りにくいほど弱いですけど……」

響命音？　ああ、フレイズが放っている心音みたいなものだっけか。ってことは、このオベリスクのやつはフレイズってこと？

僕が疑問を呈《てい》すると、メルが首を横に振る。

「わかりません。仮死状態の響命音に似ている気はするのですが……」

「どうも久遠やアリスの話を聞くに、そのスライムとやらは水晶獣《すいしょうじゅう》じゃないのか？　この柱はその成れの果てに似ている」

ネイがオベリスクを見上げながら自分の考えを述べる。

水晶獣。久遠がアリスを婚約者《こんやくしゃ》にするために戦ったアレか。

メル、ネイ、リセの支配種三人が生み出した水晶《すいしょう》の下僕《しもべ》。

久遠たちが見たスライムが水晶獣だとすると、誰かそれを作った支配種がいるということなんだけれども……。

「おそらくはですが、ユラがゼノを呼び出したように、なにかを画策していたのでしょう。それが実を結ぶ前に自滅《じめつ》した……というところかと」

ゼノ……邪神との最終決戦でユラが『結晶界《フレイジア》』から呼び出したフレイズの将軍だったか。

僕は実際に会ってはいないんだが、かなりの戦闘狂《せんとうきょう》でエンデも追い詰《つ》められたとか。メルが始末したらしいけども。

確かにあのユラってやつは石橋を叩いて渡《わた》るタイプだよな。いくつもの策を張り巡《めぐ》らせていた可能性はある。

まあ、邪神を本当の神と勘違《かんちが》いした時点で、そのほとんどの策は役に立たなかったわけだけども。

つまりこいつはユラの置き土産《みやげ》か。ありがたくない置き土産だが。

「というか、この結晶体《けっしょうたい》が水晶獣だとすると、中にある虹色の核はそれとは別の個体ということでしょうか？」

「だろうな。いわばこの水晶獣は身を守るための鎧《よろい》だ。まあ、その鎧ももう死んでいるわけだが」

コンコン、と水晶のオベリスクを軽く叩きながら、久遠の質問にネイが答える。

『次元震』のとき、あるいは落下の衝撃で死んだのだろうか。

どうも『次元震』はこいつが引き起こしたものじゃない気がするな。単なる偶然《ぐうぜん》、久遠たちと同じところにいたために巻き込《こ》まれたような……。

「おっと」

僕がそんな推察をしていると、懐のスマホが着信を告げた。バビロン博士からだ。渡しておいた宝石フレイズの分析が終わったのかな？　さすが仕事が早い。

「はい、もしもし」

『分析結果が出たよ。結論から言うと、魔力《まりよく》を増幅《ぞうふく》、蓄積《ちくせき》、放出するというフレイズの特性はあるが、本物ほどじゃない。確かに紛《まが》い物って言葉がピッタリだね。ただ、面白《おもしろ》いことにこれらは本物の宝石と大差ない成分と性質を持っている。赤色のものはルビーと、緑のものはエメラルドと構成物質がほぼ同じなんだ。おそらくは地中からそれらの成分を吸収して増殖《ぞうしょく》したんだろうな。生命活動が停止すれば、劣化晶材《れっかしょうざい》の宝石になるってわけだ』

え？　ちょっと待って。

ってことは、あれって本物の宝石とそんなに変わらないってこと？

天然ダイヤと人工ダイヤみたいなものだろうけど……ひょっとしてものすごくお金になるのでは……！

でも偽物《にせもの》だからなぁ……。

いや、人工ダイヤモンドであるキュービックジルコニアは、本物の百分の一の価値だけど、光の分散率がダイヤモンドより高く、本物よりも美しい輝《かがや》きを放つ、ってテレビでやってた気が。

輝きは人工の方が美しくても、量産できるものとできないもので価値が違《ちが》ってくるんだろうけども。

この世界にはこれを偽物と見破れる者はほぼいない。無属性魔法の【アナライズ】でも持っていれば別だけど……。

……売っちゃうか？　ヴァールアルブスや海騎兵《ネレイド》の開発で結構なお金が吹っ飛んでしまったし……。

見た目はほとんど本物と変わらないなら大丈夫《だいじょうぶ》じゃないかな……？　うまいことカットすればかなりデカい宝石になる。貴族連中ならこぞって欲《ほ》しがるはず……。

頭の中に『売っちゃえよー。大儲《おおもう》けするチャンスだぞ！』という悪魔《あくま》の声と、『ダメだよ！偽物を売るなんて！』という天使の声が……。

頭の中で悪魔と天使が殴《なぐ》り合いを始める。悪魔よ、そこだ、そこで右ストレート……！

「父上？　どうかしましたか？」

「うえっ!?　い、いや、別に!?」

久遠の声に、はっ！　と我に返る。と、とりあえずこのことは棚上《たなあ》げしておこう。

「それで、この虹色《にじいろ》の核……どうしますか？」

「どうするって言われてもな。これって休眠《きゅうみん》中の支配種かもしれないんだろ？　危険なんじゃないか？」

「確かにその可能性もありますが、支配種が全《すべ》て危険な者かというと……」

僕《ぼく》の疑問にメルが答えようとしたとき、ビキィッ！　と、オベリスクに大きな亀《き》裂《れつ》が入った。

バキンと折れたオベリスクから虹色の核が地面に転がり落ちる。

そいつは瞬《また》く間《ま》に周りの大気から魔素を吸収し、パキラパキラと増殖を開始した。

これは前にも見たことがあるぞ……！　ユミナの弟であるヤマト王子の体内から、核の状態で休眠していたメルを【アポーツ】で取り出した時と同じだ。

「【プリズン】！」

僕は増殖を続ける核の周辺に【プリズン】を展開させた。

【プリズン】は堅固《けんご》な結界を張る魔法だが、【ストレージ】のように時間を止めることはできない。

すでに覚醒《かくせい》を始めた支配種の核は、生命体として認識《にんしき》されるため、もはや【ストレージ】では収納できないのだ。

虹色の核から増殖する、同じような虹色の結晶体が次第《しだい》に大きくなっていき、人の形をとり始めた。やはり支配種か……！

人の形に増殖していく虹色の結晶体は、ある大きさで止まり、そこからさらに細かなフォルムを描き始める。

思っていたよりも小さいな……？　久遠よりも小さいんじゃないか？

身体には部分鎧のようなものを纏い、青白い髪《かみ》は少し長めのボブカット。少女……いや、少年？　よくわからないな。

「どういうことだ……？　こいつは……支配種ではないのか？」

ネイが眉根を寄せて人の姿となった虹色の結晶体を睨《にら》みつける。

「フレイズには子供時代というものがありません。すでに大人の姿として生まれてくるんです。例外は私とエンデの娘《むすめ》のアリスだけ……。この時点で普通のフレイズではない……」

メルの呟きをよそに、やがて青白い髪の子供フレイズはゆっくりとその瞼《まぶた》を開いた。メルやアリスと同じようなアイスブルーの瞳《ひとみ》が僕らを捉《とら》える。

突然、目を見開いたフレイズの子供が僕らの方に突進《とっしん》し、【プリズン】の壁《かべ》に激突《げきとつ》、そのまま後ろへとひっくり返った。

うわ、今のは痛い。

頭を押《お》さえて立ち上がったその子は、拳《こぶし》に結晶武装を纏い、【プリズン】の壁を猛烈《もうれつ》に殴り始めた。

もちろん、【プリズン】はそんな攻撃《こうげき》では破れない。だが、中にいるその子は諦《あきら》めることなく、狂《くる》ったように壁を殴り続けていた。

おいおい……小さいけど、この子かなり凶暴《きょうぼう》なんじゃないの……？

なんか叫《さけ》んでるけど、『出せーッ！』とか言ってるんだろうなあ……。【プリズン】の効果で聞こえないけども。

「父上、【プリズン】の音だけでも解除してもらえますか？　なにを言ってるのか知りたいので」

「え？　まあいいけど……」

久遠《くおん》の提案に乗り、音だけ解除する。

『n#$/ee※ s〆@#m£@！ ♭ne£¥ e◇ s⊇@＊≒m〆@desh?≒∂o▽＊♭?u！
▽♭?w♭∂@ t@?#s∂?☆◇h?∇+i%◇+de▽▲ s$u、 h@?$◇ru$∞£d&
e?∇∂ s£☆◇?u◇！』

罵詈雑言《ばりぞうごん》が飛んでくるかと思っていた僕の耳に届いたのはわけのわからん言葉の羅列《られつ》だった。

ああ、そうか、言葉が通じないんだっけ……。

僕が翻訳魔法《ほんやくまほう》【トランスレーション】をかけないといけないか、と考えていると、隣《となり》にいたメルが僕の肩《かた》を掴《つか》み、揺《ゆ》さぶってきた。

「冬夜さん！　これを解除して下さい！」

「ええ？　いや、でも……」

「大丈夫ですから、早く！」

本当に……？　めちゃくちゃ暴れてんですけど……。まあ、いざとなったらもう一回【プリズン】に閉《と》じ込めるからいいけど……。

どうやらメルたちには彼女（彼？）が言ってることがわかったらしい。

メルに従い、【プリズン】を解除すると、ボブカットの子は拳を空振《からぶ》りしてその場に転んでしまった。

しかしすぐさま立ち上がり、真っ直ぐにメルの元へと駆《か》け出すと、涙《なみだ》を流しながらその胸へと飛び込む。

『n#$/ee※s〆@♯m£@！』

「ハル？　本当にハルなの？」

メルが信じられないような驚《おどろ》いた顔をしつつも、抱きついてきたボブカットの子を優《やさ》しく撫でる。

その姿を見るネイの顔にも驚きの表情が浮《う》かんでいる。リセも同じような顔をしていた。

「え、ハル様……？　でも……」

「響命音が同じ……本当にハル様なのか……？」

「ハル？」

「――――ハル様は……メル様の弟だ。そして現在のフレイズの『王』でもある」

「な……!?」

ネイからの言葉を受け、僕はメルに抱きつく少年を驚愕《きょうがく》の表情で見つめていた。

幕間劇　ウォーターパーク・ラプソディ

「わぁ！　すごいですね！」

「おお！　けっこう広いでござるなぁ！」

水着姿で集まった僕の奥《おく》さんたちが口々にそんな感想を述べる。招待した各国の代表者とその家族たちもそこに広がる光景に感嘆《かんたん》の息を漏《も》らしていた。

ここはブリュンヒルドに新たに建設された全天候型の室内ウォーターパーク。

波の出るプールや流れるプール、ウォータースライダーなどの、水遊びができる施設《しせつ》が集まったアミューズメントパークだ。

水魔法《すいまほう》と土魔法、そしてバビロンの魔学力を結集して作り上げた施設である。

ここで使われている水は全て巨大《きょだい》な水の魔石で賄《まかな》われ、常に循環《じゅんかん》して綺麗な水質を保つようになっている。

汚《よご》れた水はスライムによって浄化《じょうか》されているのだが、当初ヘドロスライムを使おうとして博士らに反対された。万が一死んだ時、ヘドロスライムはとてつもない悪臭《あくしゅう》を放つからだ。

結局浄化力《じょうかりょく》は落ちるが、普通《ふつう》のウォータースライムを使うことになった。浄化作用の弱さは数でカバーしている。

もちろんプールとは隔離《かくり》されていて、スライムがお客の目に入ることはない。そのおかげで二十四時間、いつでも綺麗な水に入ることができる。

プレオープンに招待した王族やそのご家族、うちのお嫁《よめ》さんたちは、この施設を見てすごいと言ってくれるが、子供たちはそれほど驚かず、普通にはしゃいでいるだけなのが、少し変な感じだ。

それもそのはず。このウォーターパークは未来の世界には普通にあったため、子供たちにとってはそれほど珍《めずら》しくはないわけで。

僕が微妙な顔をしていると、隣に立つ僕と同じ海パン姿の久遠《くおん》が苦笑《くしょう》を浮かべていた。

「僕たちは何回か来てますからね。見慣れてます」

「うーむ、喜んでもらえると思ったんだけどなあ」

「それでも家族みんなで来るのは久しぶりなので、姉様たちも喜んでいますよ」

そう？　ならいいか。

けっこう調子に乗って凝《こ》った作りにしてしまったけど、子供たちの反応が薄《うす》くてちょっと不安になったのだが。喜んでくれているならいいや。

「かーさま！　ながれるプールにいこう！」

「おお？　確かに流れがあるのう。楽しそうじゃ！」

ステフとスゥが、８の形をした二人用の浮き輪《わ》を持って流れるプールの方へ走っていく。

それに続くように、各国の小さな王子王女たちが同じく浮き輪を持って突撃《とつげき》していった。

ちなみに浮き輪やフロート、ビーチボールなどはプールサイドで貸し出しをしている。

「久遠！　一緒《いっしょ》にウォータースライダーやろ！」

そう言ってアリスが久遠の腕《うで》をグイグイと引き、ウォータースライダーの階段を上っていく。

「僕も……！」

「お前はここにいろ。子供たちの邪魔《じゃま》をするな」

二人について行こうとしたエンデをネイががっしと止める。その横で苦笑しているメルと呆《あき》れているリセ。

エンデ一家（というか、メル一家？）もウォーターパークに招待した。支配種の三人とも肉体の方は幻影《げんえい》を纏《まと》っているが、水着はちゃんと着ている。どこからどう見ても普通の水着姿だ。

「冬夜《とうや》さん？　あまり他人の奥さんの水着姿をじろじろと見るものではありませんよ？」

「エット、ハイ、スミマセン……」

ニコニコと笑っちゃいるが、目が全く笑っていないリンゼに冷《ひ》や汗《あせ》が出る。そんなにじろじろ見てたかな……？

各国王家、代表者の家族だけじゃなく、護衛の騎士《きし》たちも水着になって警護している。

さすがにプールに剣《けん》を持って入ることはできないので皆丸腰《みなまるごし》ではあるのだが。

護衛の方々にはわかりやすいように水泳帽《スイムキャップ》をかぶってもらった。監視員《かんしいん》のように見えるが、監視員は監視員でちゃんといる。溺《おぼ》れている人がいないか、監視台《かんしだい》で見張りをしているのだ。子供たちもいるから気をつけないとな。

「うひょ────っ！」

ウォータースライダーを通って、ベルファスト国王陛下が下のプールへと放り出される。

ここのウォータースライダーは何種類かあって、今ベルファスト国王陛下が滑《すべ》ってきたのはオーソドックスなくねくねと回るウォータースライダーだ。

これにはいくつかのコースがあって、単純に滑り降《お》りるものから、蛇行したり、渦巻《うずま》きのように回転しながら落ちるものなどがある。

その他にも滑り降りる場所が幅広《はばひろ》く、ゴムボートやフロートに乗ったまま滑り降りる大きなウォータースライダーもあったりする。

そして中でも極《きわ》め付けが、直角に近いウォータースライダーだ。

まるで落ちるような感覚で滑り降りる、恐怖《きょうふ》のウォーターフォールだ。僕もやってみたがかなりのスリルがあった。

もちろん安全性は万全《ばんぜん》にしてあるが、それでも『もしかして……』という恐怖と、落下の感覚にヒュッとなる……。

そんな説明をすると逆に興味を持ったのか、命知らずな者たちが我先にとウォーターフォールへと向かう。

「け、けっこう高いな……！」

「いつまで立ってんだよ！　早く滑れよ！」

「いや、なかなか覚悟《かくご》が……あっ⁉」

ウォーターフォールから悲鳴がして一人の護衛騎士が落ちて……いや、滑ってきた。護衛対象の安全確認のために先に滑らされたのだろう。

ウォーターフォールは踏《ふ》ん切りがつかない人のために、足場のあるカプセルのようなところから、強制的に足場を外し、スタートさせるようになっている。

自分で起動して滑ることもできるが、三十秒経《た》つと自動で足場が外れる。でないとお客を回せない。もたもたされると困るのだ。

ウォータースライダーエリアの奥にあるのは波の出るプール、ウェーブプールだ。

まるで海のように波が寄せては返す。ここもいくつかのエリアに分かれていて、それぞれ波の大きさが違う。

一番弱いエリアは穏《おだ》やかな海といった感じで、幼い子供でも安全なエリアだが、一番強いエリアは魔法《まほう》による大波が押し寄せている。

サーフボードでその大波に乗って楽しげにしているのはイグレット国王陛下だ。

「人工的に作られたものだが、なかなかいい波だな！」

イグレット王国は南国の島国で、大イカの魔獣《まじゅう》、テンタクラーが出るまでは、国王陛下をはじめ、みんなサーフィンを毎日楽しんだりしていたらしい。さすが手慣れたもんだ。

え？　僕？　やってみたけどすぐに波に巻き込まれて酷《ひど》い目にあったよ。イグレット国王陛下が誘《さそ》ってくるけど今は遠慮《えんりょ》しとく。

これら以外にももちろん普通のプールや飛び込み用の深いプール、水球を楽しめるプールなどもある。

一日中楽しめる水の楽園、それがこのウォーターパークなのだ。

「お父様、あっちで屋台が出てますわ！　一緒に食べましょう！」

「はいはい」

「もう！　少し落ち着きなさい、アーシア！」

アーシアに手を引かれ、僕とルーは食事エリアへと向かった。

ここでは水着のまま入れる食堂と、いくつかの屋台が設置されている。もちろん座って食べられるテラス席もある。

屋台はドリンク類から始まり、かき氷、アイスクリーム、ホットドッグ、焼き鳥など様々なものが売られている。

この食事エリアはプールなどのエリアとは独立していて、食べ物などはプールエリアに持ち込めないようになっている。アイスクリームなんかがプールに落ちたら大変なことになるからね。

屋台で買ったアイスクリームをルーとアーシアの三人で食べていると、びちゃびちゃに濡《ぬ》れた水着でリンネが僕らの方にやってきた。

「こんなところにいた！　おとーさん、一緒にウォータースライダー乗ろう！」

お誘いをされてリンネにグイグイと引かれる。はいはい。モテる男はツラいですな。

ルーとアーシアを伴《ともな》って、リンネの言うウォータースライダーにやってきたけど、ウォータ一フォールの方か……。

苦笑しながら『私《わたくし》たちはリンゼさんと下で見てますわ』とルーとアーシア、リンゼは参加を拒否《きょひ》。リンネに手を引かれ階段を上る。

やっぱり高いなァ……。

ちょうど前にミスミド獣王《じゅうおう》陛下がいて、スタートカプセルの中に入っていた。

『ここからどうなるんだ？』という感じにカプセルの中でキョロキョロしていた獣王陛下が一瞬《いっしゅん》にして消え去る。そして『ひょわぁぁぉぁぁ……！』と遠ざかっていく悲鳴。あっ、やっぱ怖《こわ》いな。

「ほらおとーさんの番！」

リンネにぐいぐいと押されるようにカプセルの中に入る。

何回やってもこの時間が嫌《いや》だ。密閉された棺桶《かんおけ》のような中で、手をぶつけないよう神に祈《いの》るように胸の前で両手を握《にぎ》った。世界神様！　頼《たの》みますよ！

『わしに言われても』という声が聞こえた気がした瞬間《しゅんかん》、足下《あしもと》の床《ゆか》が消え去り、重力による落下が始まる。

「っ……！　ぁ……！」

僕は声にもならない声を上げて、ただ落下していく。時間にしたら三秒もなかっただろうが、体感ではもっと長く感じた。それでも気がついたらいつの間にか真横に滑っていて、プールの中へざんぶと放《ほう》り出される。

アレだね、落とされて滑らされて飛び込まされると軽くパニックになるね。

立ち上がった時、ちょっとくらっときたもの。

ふとプールサイドを見ると『わはは！　もう一回だ！』と楽しげに階段を上がっていく獣王陛下が見えた。

信じられん。好きな人は好きなんだろうけど、僕は苦手だわ……。

「ひゃーっ！」

バシャン！　と後ろの方でプールに投《な》げ込まれたリンネが笑いながら泳いできた。

「おとーさん、もっかいやろ！」

「おとーさんはもう無理です。ごめんなさい……」

娘が獣王陛下と同類だった。

ちぇー、と言いながら、アーシアのところへ走っていき、強引《ごういん》に手を引いて階段を上っていく。リンネは誰《だれ》かを落とさないと気がすまないのか……？

ぐったりとプールサイドに腰掛《こしか》けていると、後頭部に、びしゃしゃしゃっ！　と水をかけられた。ぶっ⁉　なんだ⁉

「あははは！　命中なんだよ！」

振《ふ》り向くとフレイがポンプ式の大きな水鉄砲《みずでっぽう》を持っていた。

あの水鉄砲も、浮き輪やフロートと同じく貸し出しされているものだ。

本来なら決められたエリアしか持ち込めない決まりだが、今日は知り合いばかりだし、プレオープンということで特別に許可してある。

「隙《すき》あり！」

「わっぷ⁉」

僕に水をかけたフレイが、今度は横からクーンの水鉄砲を受けた。

「フフフ、フレイお姉様。私のこの改造した超《ちょう》スーパーウルトラ水鉄砲に敵《かな》いますかしら？」

おいこら、子供のおもちゃを魔改造するな。それに超とスーパーって被《かぶ》ってないか？

激しい撃《う》ち合いを始めるフレイとクーン。

そこへ他の国の小さな王子王女たちが参戦、かくして賑《にぎ》やかな水鉄砲バトルが始まった。

今のうちにと僕は退散し、流れるプールの方に移動する。君子危《あや》うきに近寄らず、ってね……。

「あら、あなたも逃《に》げてきたの？」

流れるプールではリーンが優雅《ゆうが》に浮き輪に乗って本を読んでいた。

「そんなところで本を読んでたら濡れるんじゃない？」

「この本には【プロテクション】がかかっているから大丈夫よ。ほら」

リーンが本をプールにバシャッとつけるが、まったく染《し》みてはいなかった。なるほど。

「こういうところで子供たちの相手をするのはちょっと疲《つか》れるのよね……」

なにを年寄りくさいことを、と思ったが、口には出さない。年齢絡《ねんれいがら》みのことをリーンに話すのはタブーなのだ。雄弁《ゆうべん》は銀、沈黙《ちんもく》は金。

「まあ、はしゃぎまくっているからなあ……」

幸い（？）他の国のお子様たちや、祖父母の皆《みな》さんもいるから、そこまで僕らが相手をしなくてもなんとかなっている。

ゼノアスの魔王《まおう》陛下なんか、桜《さくら》とヨシノにいいところを見せようと、あっちで飛び込み台《だい》から飛び込もうとしているし。あっ、ポーラに落とされた……。

思いっきり腹打ちしてたけど大丈夫か……？　え、ぷかっ、て浮いてますけど……。

監視員の騎士が駆け寄ろうとすると、気がついたようで、よろよろとお腹《なか》を押さえてプールから上がっていた。どうやら大丈夫みたいだ。一番低いところからだったしな。

さすがにポーラもヨシノに怒《おこ》られている。魔王陛下に謝《あやま》ってら。うむ、プールでの悪ふざけはいかんよ。

僕は流れるプールの流れに逆らって平泳ぎで泳いでみた。うん、やっぱりこれくらいの速さがいいな。ずっと同じところで泳いでいられる。

プール幅《はば》はかなりあるので他の人の邪魔にもならない。あまりにも人数が多くて、芋洗い状態になったらさすがに無理だろうが。

僕の真横を珊瑚《さんご》と黒曜《こくよう》が気持ちよさそうに流れていった。満喫《まんきつ》してるなぁ。

おや、向こうから大型フロートに乗ってやってくるのはメルたち支配種の三人じゃないか。あれ？　エンデは？

「エンデミュオンならあそこだ」

ネイの指差す方を見ると、エンデがプールサイドで一方向をジーッと睨んでいる。

もしかして、とエンデの視線の先を追うと、やはり久遠とアリスが遊んでいるのを監視《かんし》していた。監視っていうか、凝視《ぎょうし》していた。

眉根《まゆね》を寄せた目つきが危なかったので、プールに流れていたビーチボールをエンデに投げつける。

「あいた⁉　なにするんだよ、冬夜！」

「変な目でうちの子を見るのをやめろ。まるっきり不審者《ふしんしゃ》だぞ」

「不審者⁉　不審者は君の息子《むすこ》だろう！　半裸《はんら》な状態であんなにアリスにくっついて！

一国の王子ともあろう者が破廉恥《はれんち》な！」

いや、どっちかというとアリスの方からくっつきに行ってると思うんだが……。

だいたい二人は婚約者ってことになったんだから、別に問題ないだろ。

「それとこれとは別問題だよ！　結婚《けっこん》するまでは清い交際をするのが相手への誠意ってもんだろ！　教育がなってない！」

「ほほう。よくもまあメル様の側仕えであった私の前でそんなセリフを言えたもんだ。お前のいう清い交際とやらがどんなものであったか、ここでぶちまけてやろうか……」

「やめて、ネイ。それは私にも被害《ひがい》が及《およ》びます……」

焦《あせ》ったようにメルがネイを止めた。どうやら少なからず清い交際ではなかったらしい。

まあ、結果駆け落ちしているしな。

それにしても子供の色恋《いろこい》に親が口を出すのはどうかと思うね。父親はやはりドーンと構えて……。

「へー……。冬夜の娘もさっき他の国の男の子に声をかけられていたけど」

「おい、そいつの顔を教えろ。少し問い詰めてくる」

どこのどいつだ、うちの娘に粉かけたマセガキは……！　ちょっとO・HA・NA・SHIしないとなあ……！

「なんというか似たもの同士よね」

「類は友を呼ぶ、でしたか？」

「どっちも親バカ。見るに堪《た》えない」

「『こいつと一緒にしないでくれ！』」

くそっ、ハモった！　エンデとしばし睨み合い、フン！　とそっぽを向く。

おや？　あっちのアスレチックエリアでフロート橋を駆け抜《ぬ》けているのはエルゼと八重《やえ》だな。ヒルダもいる。

よくもまあ、あんな足場の悪いところを走れるもんだ。

アスレチックコースはプールの上に浮いた、空気の入ったバルーンでできたコースだ。

飛んだり跳《は》ねたり、登ったり降りたりくぐったりして遊ぶもので……あんなタイムアタックをするようなものじゃないぞ……。

「あっ⁉」

「ぬあっ⁉」

あ、二人ともカーブを曲がり切れずに滑ってコースアウトした。仲良く、ボチャン！　ボチャン！　と水飛沫《みずしぶき》を上げて落ちる。フロートが濡れているからあのスピードでは曲がれんだろ……。

横のプールではウォーターバルーンの中に入って、はしゃいでいる八雲《やくも》とエルナがいた。ウォーターバルーンは空気の入った透明《とうめい》な大きな球の中に入り、水の上を歩いたり転がったりする遊具だ。

空間魔法で空気を取り込めるようになっているので、長い間入っていても酸欠にはならない。

そんなウォーターバルーンだが、一人ならまだしも二人となると、まともに前に進めやしない。中でコロンコロンと転がりまくっている。それでも二人は楽しそうだ。作ってよかったな。

いささか疲れたのでプールサイドに上がり、デッキチェアに横になる。横に用意されていたトロピカルドリンクに口をつけて一息つく。

「はぁ、楽園だねぇ……」

「はぁはぁ、激しく同意。ここはまさしく楽園《パラダイス》……水着姿の幼女を眺《なが》め放題《ほうだい》なんて、もう最高過ぎて鼻血が止まりません」

僕の横で溢《あふ》れる鼻血をティッシュで押さえながら、荒《あら》い息を吐《は》く、『研究所』の管理人、アトランティカにゲンナリとさせられる。

おい、こいつは連れてきちゃダメなやつだろ！

「安心したまえ。アトランティカにはお触《さわ》り厳禁だと言ってある」

ハァハァと荒い息を吐くアトランティカの横で、デッキチェアに横たわったバビロン博士がなんも安心できないことをのたまう。

どーでもいいけどその水着に白衣ってどうなんだ？

「お触りしなけりゃいいってもんでもないだろ……。あんな血走った目で見られたら子供たちが怖がる！」

「ふむ。じゃあ紙袋《かみぶくろ》でも被せるか」

「余計怖いわ！」

変なトラウマになったらどうする！

仕方ない。【プリズン】でここから移動できなくして、【ミラージュ】でこいつの姿を消しておこう。おっと音もシャットアウトしておかないとな。

「なんとも容赦《ようしゃ》がないね」

「なんでこんなの地上《した》に降ろしたんだよ……」

「いやほら、今回はシェスカをはじめ、バビロンの『管理人《シスターズ》』たちも羽を伸《の》ばしているだろう？　一人だけ仲間外れってのは良くないじゃないか」

むう。まあわからんでもないけども。だけど『塔《とう》』の管理人であるノエルはそこのデッキチェアでずっと寝《ね》ているし、『図書館』の管理人であるファムはその横でひたすら本を読んでるだけだろ。バビロンにいても変わらんだろうが。

僕がそんな悪態を心の中でついていると、バタバタと向こうからワンピースの水着を着た、『蔵《くら》』の管理人、リルルパルシェが走ってくる。

「大変っス、大変っス！」

「大変っスよ、マスター！　あいたっ⁉」

あ、ティカにかけた【プリズン】に激突した……。【プリズン】は見えないからな……。

ドジ属性のあるパルシェだが今のは僕のせいだ。悪い。

「どうしたんだい、パルシェ。とうとう冬夜君の浮気《うわき》が奥さんたちにバレたのかな？」

「してないからな⁉」

なんて恐《おそ》ろしい冗談《じょうだん》を言うんだ、こいつ！　言っていい冗談と悪い冗談があるぞ！　あのな、冗談というのはみんなで愉快《ゆかい》に笑えることをいうのです！

「で？　何が大変なんだい？」

「浄化槽《じょうかそう》に入れてあったウォータースライムが逃げてしまったっスよ！」

「はあ⁉　なんでそんなことに⁉」

このプールはウォータースライムによる浄化によって、綺麗《きれい》に保たれている。

そのウォータースライムが逃げたってどういうことだ？

「そのう、うっかりバナナの皮を踏んで滑った時に、咄嗟《とっさ》につかまったテーブルクロスを引いたら、上にあった食器がガラガラとドミノ倒《たお》しに崩《くず》れて、先にあったシャンパンを倒し、衝撃《しょうげき》でスポーン！　と抜けたコルク栓《せん》が浄化槽の開閉スイッチを直撃《ちょくげき》したっス」

ちょっとまて、それナニゴラスイッチだ⁉

なんで浄化槽の開閉スイッチのある部屋に、バナナの皮とか、食器とか、シャンパンなんかがあるんだよ⁉

「ドジっ娘《こ》パルシェにツッ込んでも無駄《むだ》だよ」

「ドジとかそういう次元じゃない……」

これはもう呪《のろ》いに近い。元になった人格《はかせ》を考えると然《さ》もあらんと思わないでもないが。

「それでウォータースライムは？」

「すぐ浄化槽を閉めたんですけど、何匹《なんびき》かが逃げてしまったっスよ。たぶん浄化水道を通ってどこかのプールの中に……」

マズい。ウォータースライムは基本的に臆病《おくびょう》なスライムで、自分より大きなものは襲《おそ》わない。虫や小動物なんかを水に擬態《ぎたい》して捕《と》らえて食べる。

なので客が襲われるようなことはほぼないが、プールからスライムが見つかったら、間《ま》違《ちが》いなくこのウォーターパークのイメージはダウンするぞ。

　客に見つかる前に回収しなくては……！

【ストレージ】からスマホを取り出して検索《けんさく》をかける……って、水に擬態してるものが【サーチ】でわかるかっての！

　僕ががくりと膝《ひざ》をついていると、パルシェが博士に声をかけてきた。

「博士、博士。スライムならスライムレーダーが『蔵』にあるっスよ」

「ああ、アレがあったか。アレなら確かに探せるね」

「なんだよ、スライムレーダーって……」

「スライムは種によっては便利な魔法生物だからね。それを捕《つか》まえるのにそういった魔道具があるのさ」

　確かに【サーチ】みたいな探索《たんさく》系の魔法がないと、スライムを探すのはけっこう面倒《めんどう》だからな。そういった魔道具があってもおかしくはないのか？

「まあいい。それじゃパルシェはそのスライムレーダーとやらを取ってきて……いや！お前がいくと絶対に壊《こわ》すか無くすから、ティカが行ってくれ」

　僕がそう言うと、ティカはあからさまに嫌そうな顔をこちらへと向けた。

「ええ？　……。私はここで幼女観察を続けたいんでスけど……」

「……取ってきたらこの双眼鏡《そうがんきょう》を使わせてやろう」

「今すぐ取ってきまス！」

僕が【ストレージ】から取り出した双眼鏡を見るや、シュン！　とバビロンに跳《と》べる短《たん》距離《きょり》転移でその場から消えるティカ。欲望に忠実過ぎる。

「取ってきました！　双眼鏡を下さい！」

「速っ」

そして必死過ぎる。ホント、こいつを娘たちに近づけさせないようにしよう……。

「これがスライムレーダーです！　さあ双眼鏡を！」

ハァハァと息が荒いティカに、失敗したかな……と思いつつも、約束なので双眼鏡を渡《わた》した。僕の手から双眼鏡をシュバッと奪《うば》い取ったティカは、鼻血を流しながらプールではしゃぐ女児たちを凝視して、『ふひょーぅ！』と奇声《きせい》を上げている。

……まあ、向こうからは見えないようにしているから気にしなければ害はないだろ……。

一応【プリズン】に転移阻害《そがい》も追加しとこう。変態は隔離だ。

「で、これがスライムレーダー？　どう見てもグラサンにしか見えないけど……」

赤いフレームがなんとも派手だ。装着すると赤と銀の巨大でウルトラな宇宙人に変身でもしそうなデザインなんだが。

まあ、これなら身につけていてもそこまでおかしくはない……か？

さっそくスライムレーダーをかけてみる。視界がサングラスと同じく、少し暗くなるな。

「フレームの横に小さなボタンがあるだろう？　それを押せばこの辺一帯のマップとスライムの位置がわかるようになる。それとどこに隠《かく》れていてもスライムの位置がわかるようになっているんだ」

「へー……あれ？」

目の前のプールの中にぼんやりと光り、ゆらゆらと動くものがある。もしかしてアレがウォータースライムか⁉

マズい！　王様たちの方へ移動しているぞ⁉

僕《ぼく》はスライムレーダーをかけたまま、ザンブとプールに飛び込《こ》み、無我夢中《むがむちゅう》で泳いでスライムのところへ辿《たど》り着くと、そのスライムを【テレポート】で浄化槽へと送った。

ギリギリ！　もう何センチかでアレント聖王にスライムが触《ふ》れるところだった！

ザバッ！　と水から顔を出し、大きく呼吸をする。

「ぜぇ、ぜぇ……あ、危なかった……」

「だ、大丈夫《だいじょうぶ》か、冬夜殿《どの》？　足でもつったか？　溺れないように気をつけろよ？」

「だ、大丈夫、です……。お、騒《さわ》がせ、しました……」

ぐったりとした足取りでプールサイドへと戻《もど》る。あー、焦った……。

ゆっくりと休みたいところだが、そうもいっていられない。残りのスライムがどこにいるか確認《かくにん》しないと。

フレームのボタンを押すと、ピッ、と小さな音と共に、右目のレンズにマップが表示された。光る点が三つ浮かんでいる。これがスライムの位置だな？　さっきの一匹《いっぴき》と合わせて逃げたのは全部で四匹か。残りはあと三匹。

ここから一番近いのだと……波の出るプールか？

【テレポート】を使い、波の出るプールへと転移する。

相変わらず弱い波のエリアでは小さな子供たちが親たちと、一番強いエリアではサーフィンに興じる大人たちが楽しんでいた。

くそっ、よりにもよって、サーフィンしているエリアかよ！

サーフィンを楽しんでいるゲストたちの足元をスライムレーダーで見ると、波に翻弄《ほんろう》されるように、ウォータースライムがぐるぐると水の中を回っていた。まるで洗濯機《せんたくき》に入れられているみたいだ。

あれならそう簡単には見つからない気もするけど、波乗りに失敗した時に触れてしまう可能性もある。やはり早めに回収せねば。

と言ってもどうするか。ああもぐるぐる回っていたんじゃ【テレポート】の狙《ねら》いをつけるのも難しい。下手したら上のサーファーを転移してしまう。やっぱり直接触れて直に転移させた方がいい。よし！

覚悟を決めた僕は、プールサイドに置いてあったレンタルのサーフボードを持ち、波の出るプールへと入った。

「おっ、冬夜殿も波乗りするのか？」

「え、ええまあ。ちょっとだけ、試《ため》しに」

日に焼けたイグレット国王に曖昧《あいまい》に答えながら、僕はサーフボードを浮かべ、その上に腹這《はらば》いになる。

波が斜《なな》め後《うし》ろから襲いかかってくる。上級者コースなだけあって波が高い。

波に押《お》され走り出したサーフボードにタイミングよく立ち上がり、いい感じに波に乗る。大きく立ち上がる波を横目に格好良くサーフボードを疾走《しっそう》させる僕であるが、実を言うとこれ、【フライ】で飛んでます……。サーフボードを足で押さえているだけで。あんなの乗れっこないわ！

そして問題のスライムがいるポイントに辿り着くと、わざと体勢を崩してプールの中へと落ちる。ゴボゴボと波に揉《も》みくちゃにされながらも、なんとかスライムに手を伸ばし、【テレポート】で浄化槽へと転移させる。よっし、二匹目ゲット！

「惜《お》しかったな！　変な乗り方だったが、もう少し腰《こし》を落とした方がたぶん安定するぞ！」

ぐったりとして立ち上がった僕にイグレット国王陛下がアドバイスをくれる。変な乗り方で申し訳ない。まあ、乗ってないんだけどね。まあ、いいや、次だ次！

フレームのボタンを押してマップを頼《たよ》りに探していくと、このウォーターパーク最長を誇《ほこ》るウォータースライダーの中にいる。……動いていないな。どういうことだ？

ウォータースライダーのコースの中にいるとしたら、水や客に流されてしまうと思うんだが。騒ぎになっている様子もないし……とにかく行ってみよう。

「あっ！　陛下も来たの？　……変なメガネ」

階段を上った先の、ロングウォータースライダーの前にはアリスと久遠《くおん》が仲良く並んでいた。まだ滑っていたのか……。

あと、変なメガネだとは僕も思うけれども、口には出さないでほしい……。

「ちょっと点検がてらね。問題はない？」

「特に問題はないと思いますが……？　なにかありましたか？」

うっ、相変わらず鋭《するど》いな、うちの子は。一瞬、『久遠に手伝ってもらった方がいいのでは？』と思ったが、デート中の息子の手を借りるなど、父親の沽券《こけん》にかかわる。

「いや、なにも問題はないよ？　ほら、順番がきたぞ」

訝《いぶか》しげな顔をしつつも、アリスに手を引かれて久遠がコースの中に入っていく。

このロングウォータースライダーは、その長さと高さのため、半円状ではなく完全な筒《つつ》形《がた》をしている。ところどころ透明な筒があり、外の景色を垣間見《かいまみ》れるといった作りになっているのだ。

子供なら二人で並んで滑ることも可能だが、本来は大人一人用だ。筒の中は半径一・五メートルほどの大きな作りになっており、カーブで左右に大きく揺《ゆ》れるようになっている。勢いがつくと一回転することもあるらしい。変に中で落ちて怪我《けが》をしないように、そういうところは魔法での安全性を確認している。

まぁ、安全であろうとなかろうと怖さは変わらないわけだが……。いや、違《ちが》うか。安全じゃなかったらさらに怖いわ。

覚悟を決めてスライダー内へと身を躍《おど》らせる。レーダーはマップを表示したままだ。

「うおっ……!?　けっこう速いなぁ！」

右に左に揺さぶられ、勢いよく滑っていく。久遠たちはこれ平気なのか？　体重によって滑るスピードは変わるのかもしれないけど……！

っと、そろそろ問題のポイントだ。一体どこに……。

滑り降りるパイプ内でキョロキョロと視線を巡《めぐ》らせる。ん？　コースの先にぼんやりとした光が見える……！

「あ⁉」

いた！　パイプの天井《てんじよう》に張り付いている！　って、わぁ――――っ！　見つけたけどなにもできずスルーしてしまった！　だから速いんだよ！

ぐるんぐるんと渦巻きのようなコースに突入《とつにゆう》し、最後に、ぺいっ、とプールに放り投げられる。

プールでは先に滑り降りたアリスらが待っていた。

「あはは！　陛下、面白《おもしろ》かった⁉」

「……はは、そうだねー。もう一回、滑ってこようかな……」

無邪気《むじやき》にはしゃぐアリスに僕はそう答え、再び階段を上り始めた。ヤバい、次で捕まえないとさらに滑る羽目になる……。

覚悟を決めてもう一度滑り降りる。今度は逃《のが》さないように狙いをつけて……ここだ！

「【テレポート】！」

今度は確実にスライムを浄化槽送りにして、安心した僕は気が抜けた脱力《だつりよく》状態でウォータースライダーを滑り降りる。なんか流しそうめんの気分がわかったような気がする……。

誰にも箸《はし》をつけられなかった人間流しそうめんはプールに再び、ぺいっ、と投げ込まれた。

すでに久遠たちはどこかへ行ってしまっていた。なんか虚《むな》しい……。

さて、あと一匹か。

重い身体を水の中から立ち上がらせ、レーダーでマップを確認する。

アスレチックコースか……。また面倒なところに……。

先ほどエルゼと八重が駆《か》け回っていたアスレチックコースへと戻る。相変わらず、みんな楽しそうに遊んでいるな……その笑顔《えがお》が失われないように早いところ探さないと。

「えーっと、どこだ？」

サングラス越《ご》しの薄暗い視界を巡らせ、ウォータースライムを探す。

光っているところは……あそこか。

バルーンで作られたコースの一角にへばりついている。傍目《はため》からは水が溜《た》まっているようにしか見えないな。まあ、あそこなら楽に回収できそうだ。

僕はアスレチックコースのプールに入り、平泳ぎでスライムのところまで泳いでいく。

もうちょっとで辿り着くと思ったとき、コースを走っていたお客の足に蹴飛《けと》ばされ、スライムがまるで水面を跳ねる水切りの石のように跳ねていった。嘘《うそ》ん……。

蹴《け》った人はバルーンの感触《かんしょく》と思ったのか気にせずに行ってしまった。くそっ、どこいった？

キョロキョロと見回すと、エルナと八雲が遊んでいるウォーターバルーンに張り付いていた。丸いバルーンの外側で、中の二人がはしゃぐたび、くるくると回っている。

二人の乗るウォーターバルーンに近づいて、スライムを捕獲《ほかく》しようとするが、僕に気付いた二人が嬉《うれ》しそうにバルーンをこちらへ向けて進ませてきた。違う、遊びに来たんじゃないんだ。

「がぶっ⁉」

ウォーターバルーンに轢《ひ》かれた僕は水中へと押し込まれた。頭上にウォーターバルーンがあって、水面へと上がれない。

「ぶはっ！」

水中を横に泳ぎ、水面に飛び出した僕が振り向くと、エルナたちが乗っているウォーターバルーンにスライムの姿がなかった。あれ⁉　今度はどこいった⁉

レーダー眼鏡でキョロキョロと視界を広げると、プールサイドに上がり、意外にも素早《すばや》い動きで去っていくスライムが確認できた。

まるで水が流れるように走っている。他《ほか》の人にはそんな風に見えるだろう。

マズい！　あの先は……！

ウォータースライムが向かおうとしている先にある施設《しせつ》――女子トイレ。

さすがにその中に入るわけにはいかない。あそこで中の女性にスライムの存在に気付かれたら、間違いなく騒ぎになる。

こうなったら【テレポート】で自分自身を女子トイレ前に転移し、捕獲して――と、思ったとき。

流れる水に擬態していたスライムがピタリと動きを止めた。え？

「ああ、やっぱりスライムでしたか」

女子トイレの前にいた久遠の眼がイエローゴールドに輝《かがや》いていた。あれは【固定の魔眼】か？　久遠が魔眼でスライムの動きを止めている。

「変な動きをする水があるなと思ったんですよね。父上の様子がおかしかったのはこれのせいですか？」

「あ、うん、そう……」

駆けつけた僕に久遠が固まったままのスライムを手渡《てわた》して寄越《よこ》した。すぐに【テレポート】で浄化槽送りにする。

どうやら久遠にはなにがあったか悟《さと》られてしまったようだ。ううむ、父親の威厳《いげん》が……。

「久遠、おまたせ！」

女子トイレからアリスが出てきて、また手を繋《つな》いで行ってしまった。

久遠にはバレたようだけど、とりあえずミッションコンプリートだな。やれやれ、大事《おおごと》にならなくてよかった。

僕は重たい身体を引きずって博士たちの所へと戻った。

「おつかれ」

「本当に疲れた……」

博士にレーダー眼鏡を渡し、デッキチェアにぐったりと横たわる。

プレオープンってのは実際の営業に入る前に、なにか問題はないか確認するためのものなので、事前にトラブルがわかったといえばよかったのだろうが……。

「浄化槽の開閉スイッチをパスワード式にしといてくれ……」

「了解《りょうかい》。普段《ふだん》パルシェは地上《した》にいないから、問題ないとは思うけどね」

「念《ねん》の為《ため》だ、念の為」

パルシェじゃなくても、誰かがうっかりよろめいてスイッチを、なんてのもあるかもしれないし。今後こんなことがないようにだな……。

「……そういえばパルシェは？」

幼女視姦を続けるティカはいるけれども、このトラブルの原因のパルシェがいない。

……おい、ちょっと待て。ものすごく嫌な予感が……。

「ああ、パルシェなら浄化槽室の片付けをするってさっき――」

「大変っスよ、大変っスよー！　浄化槽室を片付けてたら、うっかりとろろ芋《いも》を踏《ふ》み潰《つぶ》して滑《すべ》ってしまって、手にしていたベースギターを放り投げたら、立てかけてあった脚立《きやたつ》に当たって倒れ、それが手品用のシルクハットに当たって、驚《おどろ》いた中の鳩《はと》が飛び出して浄化槽の開閉スイッチを直撃したっスよー！」

「ダァァァ――――――――ッ⁉」

もうヤダ、こいつ！　なんでとろろ芋とかベースギターとか、手品のシルクハットがそんなところにあるんだよ⁉

無言でスライムレーダーを差し出してきた博士からそれを乱暴に奪い取り、僕は再びレーダーのスイッチを入れた。

「お前、プールには出禁な」

「なんでっスか⁉」

理由がわからないと言わんばかりのパルシェ。なんでもかんでもあるかい。

浄化槽の開閉パスワードロックは二重にしとこう。二度とこんなことがないように。

あとがき。

『異世界はスマートフォンとともに。』第28巻をお届けしました。お楽しみいただけましたでしょうか。もう一つの拙作である『VRMMOはウサギマフラーとともに。』第7巻と同時発売となりました。そちらの方もよろしければお願い致します。

そしてすでにこの巻が発売される頃にはアニメ第二期の放送が始まっていると思います。楽しんでいただけていると幸いです。

二期をやるにあたり、ヒロイン全員を登場させるため、かなり時系列が原作とは違う形になっています。まあそこらへんの違いも楽しんでいただけたら、と。

それでは謝辞を。兎塚エイジ様。今巻の表紙イラスト、みんな楽しそうな賑やかな感じでとてもお気に入りです。ありがとうございます。

担当K様、ホビージャパン編集部の皆様、本書の出版に関わった皆様方にも謝辞を。

そしていつも『小説家になろう』と本書を読んで下さる全ての読者の方に感謝の念を。

冬原パトラ

突然冬夜達の前に現れた、
『フレイズの王』。
TVアニメ
第2期
放送中!!
フォンとともに。29
2023年秋頃発売予定！

メルの弟だという彼はなぜこの世界に現れたのか。
そして新たなる
邪神の使徒の手が忍び寄っており――。
異世界はスマート
冬原パトラ
illustration■兎塚エイジ

HJ NOVELS
HJN07-28

異世界はスマートフォンとともに。28

2023年4月19日　初版発行

著者——冬原パトラ

発行者—松下大介
発行所—株式会社ホビージャパン
〒151-0053
東京都渋谷区代々木2-15-8
電話　03(5304)7604（編集）
03(5304)9112（営業）

印刷所——大日本印刷株式会社

装丁——木村デザイン・ラボ／株式会社エストール

ISBN978-4-7986-3164-6　C0076

ファンレター、作品のご感想お待ちしております

〒151−0053　東京都渋谷区代々木2−15−8
(株)ホビージャパン HJノベルス編集部 気付
冬原パトラ 先生／兎塚エイジ 先生／小笠原智史 先生